郭海军◎著

边缘的前卫

珠海特区文学创作散论

Essays on Literary Writing
in Zhuhai Special Zone

社会科学文献出版社
SOCIAL SCIENCES ACADEMIC PRESS (CHINA)

凝思与感悟边缘的前卫

《边缘的前卫——珠海特区文学创作散论》序

朱寿桐

  郭海军不是珠海人，但他工作于斯，生活于斯，写作于斯，其情感所钟亦在于斯，于是他写的这本书，也就专论珠海文学的人和事，评述珠海特区的文学创作。作为一个熟悉珠海的读者，我总觉得这本书总体印象上有点珠海的"品相"。或许是其中有论述小说的篇幅和谈论诗歌的篇什，对应着珠海有蜿蜒的山坡更有灵动的海滨；或许是炽热的褒扬与犀利的批评所构成的对比，恰似珠海广阔而富饶的腹地与逼仄得有些吝啬的街巷并存，有时，字句的舒缓其宁静犹如金鼎一带散落的乡村，而有时文笔节奏的峻急其喧闹又像拱北周边湍急移动的人流。不过我最想说的是，这本书更像闻名遐迩的情侣路，道路宽阔流畅，路面清洁明净，迤延数十公里，纵贯珠海，气势如虹，多少名胜连缀其上，尚有雕刻分布左右，依山傍海，美不胜收，不过那有点俚俗的名称却并不如路本身那么精彩、雅致并极富内涵。我总觉得郭海军这本书的内容及其穿透力早已超出了其书名显示的"珠海特区文学"的内涵设定，而在学术涉猎的广度和深度上都指向当代前卫文学的凝思与感悟，虽然它聚焦于珠海这样一个边缘化的文学地带。换言之，我欣赏这本书的内容，却总想建议他改动这本书的书名。

作为一个文学评论家，郭海军的文章具有执著的理性追寻精神，体现出在理论上试图建立自己的学术视角，建构自己的批评视野的总体努力。这使得这本书的几乎每篇文章都渗透着鲜明的问题意识，都勃郁着理论的力度和追问的热忱。在《沉静而忧伤的诗性歌吟——陈继明近年中篇小说创作漫评》中，他对通常的小说概论产生了怀疑，因为他无法用这一类理论甚至一般的阅读经验对付他面前的这个作家的作品，从中很难概括出一个明确的主题，其中所有的人物和故事都似深潭水面的浮萍或是冰山的八分之一部分，这意味着作品主旨蕴涵的多种可能性。其实他"遭遇"到的曾维浩的小说创作同样如此，他意识到这样的小说面临着"转变中国汉语文学读者'单一向度'审美习惯的难度"。在《新市民诗人应该怎样写作——卢卫平诗歌创作纵论》系列文章中，他对抒情诗拥有情节叙事的现象发生了浓厚兴趣并付出了探讨的热情。他对于这些问题不光是显露出痴迷的探索眼光，更重要的他其实有一种成竹在胸的思考和淡定自如的把握。他通过解剖一系列小说和诗歌作品，对文学创作现象的丰富性及其与之比照中的理论教条的苍白性进行了低调而有层次的揭示，由此透析出本书颇有分量的理论质感。

文学评论有很多种。有的评论只是为了推介和解读特定的作品，这样的评论充其量只能算是作品评论；有的评论除了论及作品而外兼及作家全人，那可以算是特定的作家评论。其实评论文章的较高境界应是所谓知人论世：从一个人的创作和文学追求论及较普遍的社会文化问题，至少通向对文学创作和文学行为、文学存在的一般性问题的论析。郭海军的文章凭借着理论思考的力度和学术追问的热忱，普遍地达到了较高层次的文学评论水平。

　　许多评论家都能意识到理论素质的重要性，于是一个个狂啃书本或疯览网页，将所能搜索到的理论警句以高度密集的阵势排列出来，而且时常伴之以莫测高深的逻辑论列以及咄咄逼人的雄辩表述。这样的文章过于端起架子，与处事为文同样低调的郭海军性格不合。事实上，他似乎有意识地尽量降低文章的理论密度，将论述中包含的理论思考和必要的思维逻辑放置在轻松自然的"叙述"甚至漫谈中，以一种多少有些温吞的风格和风细雨地吐露而出。他在论述作家的时候常常与生活化的记忆作链接，将生活的细碎甚至琐碎与文本的个性甚至创作的风格和融于行文之间，由此表现出批评的自如、舒缓甚至自由。《文艺争鸣》主编王双龙先生通过他的杂志近来倡导散文化的批评风格，为此我曾撰文响应①，认为批评者在进行批评写作的时候，大可以将原本紧绷着的面部神经松弛下来，用灵性的感悟中和理性的稠密，用闲庭漫步的轻松替代眉头紧锁的沉重。郭海军做到了这一点，他的几乎所有文章都洋溢着这样的灵性与轻松。我喜欢他这样描述我的好友——"异乡诗人"傅天虹："在傅天虹那儿，坦然与从容却如国旗般飘扬在他的粗糙里。这是真正的自信，根源于他的另一种精致——以精致的形式对世界与人生的诗性把握。"对于他所表述的傅天虹是他"感觉里速度最快的人"，我更是佩服之至："傅天虹来了，庸常的日子顿时有了速度的动感，他让我难以在生活里从容地端坐。"这正是活脱脱、脆生生、急蹦蹦、响当当的傅天虹的风格和气派。郭海军以他那在一般文学批评文字中非常少见的灵动文字，对此进行了极富风格和气派的传达。

　　虽说这是一种文章风格，甚至只是批评文字的写作特色，但它不可

----

　　① 朱寿桐：《重新理解文学批评》，《文艺争鸣》2012年第2期。

能仅仅来自文章作法或有限的写作训练，更重要的是要求作者对于文学作品有敏锐的思想感悟，精致的艺术体味，独到的审美感知力，以及将这一切交付表述的习惯和自信。郭海军在尽可能低调的理论态度之外，充溢着对于文学作品进行富有个性的精致而灵性把握的自信。正是出于这样的自信，他能够对陈继明那些挑战"文学智力和审美悟性"的小说进行有板有眼的分析，对曾维浩那些挑战想象力和逻辑判断力的小说进行有理有据的论辩，能够对唐不遇那些挑战情绪和感觉承受力的诗歌进行有张有弛的解读，这些分析、论辩、解读都有相应的文学理论依据，但更重要的则是他面对这些新潮、复杂的作品，能够挣脱文学理论教条的束缚，以自己的全身心感悟去把捉蕴涵在其中的全部灵性，去体尝藏匿于其中的独特个性，然后用富于灵动感的文字表述出来。作为评论家他自觉地将自己置身于作家与读者之间，置身于作品与读解之间，用于连接这些端点的是他自己的体验和自身的品咂，现成的理论只能起着某种旁敲侧击的策应作用，逻辑的推证有时候只是对灵性的感悟作无可奈何的壁上之观。这种依赖于全人体验的文学感悟使得他能够迅速进入王海玲的文学世界，在那里他怀着感同身受的宽容和理解发现了作家探寻"新都市时代精神出路"的奥秘，当然更理解了傅天虹诗歌中异乡人的感受：自由、放达而伤感甚至痛苦。他将这样的体验与感受同样运用于对珠海乃至更广阔区域中的移民写作的论述，在充沛的"故乡经验"与特区感受之间表述着同样属于他自己的尴尬和撕裂感的痛楚。

这本书的书名定为《珠海特区文学创作散论》，就其评论素材而言，当然是准确的，但我觉得郭海军过低地估量了自己这些文章所蕴涵的学术张力和可能性。他选取的特区文学现象常常具有特区文化所特有的边缘的自由感和前卫性。正因为身处于特区，身处于改革开放的最前线，文学构思和文学创作的前卫性常在不言而喻之间自然形成，不过这样的前卫性往往因为其处身于文化边缘地带的原因，而不可能成为时代的标识和模仿甚至关注的对象，也就是说难以扮演先锋性的角色。这是一种文化的宿命，但同样也是一种关乎于整个社会整个民族文学的构成和文化走向的规律与现象。这样的规律和现象对于任何一个评论者都具有极大的挑战性，郭海军是一个从不拒绝挑战性命题的评论者，不过他的务实精神和低调作风使得他至少在标题上采取了面对相对宏大命题实施回避的选择。

对此，我总觉得他书名起得有些拘谨。如果将书名改为《边缘的前卫》之类，我会觉得更有力度，也更能体现郭海军的理论关涉度和潜在的学术目标。但学术目标不能等同于学术风格，我同样欣赏郭海军踏实、低调，不事张扬的批评风格。

2013 年 1 月

我看珠海文学（自序）

来珠海工作近 10 年了，对珠海的文学却所知甚少。

早几年，无意间看到李更的中篇小说《俘虏》，顿时有酣畅淋漓的快意。这是在我多年读小说的经历中，很少有过的感觉。作者的写作功力很不一般，我可以两至三遍地读《俘虏》，却不会厌烦。这小说"好看"的原因，在我看来是其中体现出来的智趣。因为当下的小说，很难见到智趣的影迹，这就更让我觉得《俘虏》的稀有。所谓智趣，可定义为智慧的乐趣，即以一种洞察人生世相的姿态，轻松幽默地还原生活的本真，却不作道德提示或导引；同时，生存的荒诞和宿命又涵蕴其中，尽显悲悯的意味。如马克思所说的"一切历史事实与人物都出现两次，第一次是悲剧，第二次是喜剧"，李更在《俘虏》中，表现的是"第二次"。也即第一次是人事本身的发生发展变化，第二次则是艺术的再现形式。采用喜剧的形态描述"既有"，需要作者的思想智慧和超拔的人生态度，也离不了高妙的文学笔力。为此，我在赞赏《俘虏》的同时，也佩服李更。

而李更竟然是珠海作家。

"竟然"一词在此表达的是惊讶的感觉。惊讶缘于一直以来自己对珠海文学疏于了解，以为与深圳相比，珠海在文化上比较"沙漠"。文学方面至多为小情小景小打小闹，和内地二线城市没有太多区别，即使珠海是特区。既而到 2010 年中秋节前后，我看到了四卷本的《1980—2010 珠海经济特区三十年文学作品选》①，觉得珠海的文学创作是一座有待开发的富矿。虽然已有一些涉及珠海文学的论文，但和深圳文学的研究同比的话，基本是个案的评述。为此，我开始萌生了系统研究一下珠海文学的想法。然而一着手，就发现自己欠缺很多，难以为继。

　　一方面是资料的问题。很多珠海作家写作的时间跨度比较大，有的甚至前后长达 30 多年，想在学校图书馆和网络上搜寻都找不到。最初我也想通过走访珠海作家本人，据有每个作家的作品资料并梳理其多年来的创作轨迹，但限于自己教学工作的忙碌以及其他缘由，这个想法几乎不能实现。另一方面是个人研究能力的问题。我所具备的理论积累、文学视野和研究方法，也使自己不非常自信。基于这两方面的原因，我原想写出一本类似周思明《深圳文学 30 年论稿》②那样的具有整体全面性质的论著，可在时间与精力上都力有未逮。但这样的欠缺也有一些好处：一是可以采用不受具体人际关系牵绊的旁观者视角，来比较"客观"地看待珠海作家及其作品；二是可以不受西式"高深"的学院化理论限制，能比较自由直接地表达对具体作品的印象和感受；三是可以越过持据资料有限的障碍，对珠海文学作管窥式的描述。于是，我把

---

① 珠海出版社 2010 年 8 月出版，近 145 万字。其中《小说卷》（上、下）收录了 39 位作者，《诗歌卷》收录了 78 位作者，《散文卷》收录了 104 位作者。去掉同一作者因不同体裁的重复性，全书共收录了近 200 位作者的作品。

② 周思明著《全球化视野与新都市语境——深圳文学 30 年论稿》，人民出版社，2010。

自己对珠海文学的关注聚焦到几个小说家和诗人这里，进而定义为"散论"。

需要进一步说明的是，我是依据自己所理解的当前社会发展与文化变迁的几方面事实，来"散论"珠海文学的。这几个方面可以表述为：

第一，在创作内容上，珠海文学体现了从乡村经验到现代都市生活的转变。

据报载，全国每天消失 80 个自然村，江西一村庄仅剩 1 人。相关部门最新统计数字显示，我国的自然村 10 年前有 360 万个，现在已只剩 270 万个。冯骥才认为，"比较妥当的说法是每一天消失 80 至 100 个村落"。在 1990 年到 2010 年的 20 年时间里，我国的行政村数量，由于城镇化和村庄兼并等原因，已从 100 多万个锐减到 64 万多个①。这组数据表明，在 20 世纪 90 年代以来开始的由农业社会向工业社会过渡的转型期内，农村人口急剧减少，城市和准城市人口迅速膨胀。可以说，"农二代""农三代"们已经很难再回到自己的村庄了。淡定安宁的乡村本是中国传统文化的原乡，而如今作为传统文学主要表现内容的诗意田园和乡村伦理已然不复存在，接踵的是城市生活景观和现代都市的生存秩序。这就使得 20 世纪末以来的当代中国文学，随着社会现实的改变而增加了新的主题疆域：个人与群体的物质家园的沦落，与对精神故乡的坚守和寻觅。一方面，文学创作只能用文字来修筑离乡者的精神回故乡之路；另一方面，文学作者也必须要面对愈来愈坚固的城市生存现

---

① 《全国每天消失 80 个村 江西一村庄仅剩 1 人》，《西安日报》2012 年 10 月 30 日，第 10 版。类似新闻内容还可见"大江网"：《江西一户人的村庄引发全国关注农村空心化》。http：//www. jxnews. com. cn/zt/system/2012/11/19/012182500. shtml。

实和现代都市法则。

而珠海这个改革开放的前沿城市，虽然在政策优势、地缘优势、人口优势等方面弱于深圳，但在现代都市生存观念、生活品质和生存方式等方面，还是远不同于内地绝大多数城市的。所以，"新生活""淘金""有机会发展自己以实现价值"等诸多因素，引导着全国各地的人们，在 20 世纪 80 年代中期以后越来越多地来到珠海。这样一种社会现实，就成为王海玲、裴蓓等作家笔下人物如丽莎、蓝黛、都市、梅沥沥等"进城"的物理性依据。换言之，如果没有"珠海特区生活"作为艺术支撑的平台，不少珠海作家的作品就不能存在。

第二，在创作主体上，移民作家成为珠海文学的主角。

珠海同深圳一样，属于典型的移民城市。当然，21 世纪以来，全国范围内的人口流动已经成为一种常态。珠海 200 万常住人口中，户籍人口只有 100 万。在这样的背景下，不但移居者的生活成为珠海文学的主要表现内容，而且移民作家也已成为珠海文学的创作主体。截至 2010 年 9 月，加入中国作家协会的珠海籍作家有 23 人，加入广东省作家协会的有 130 人[①]。这其中，拥有珠海户籍的移民作家占 2/3 以上。移民作家与本土作家的显性差别表现于：在面对和接受珠海特区城市生活的同时，还须认同和融入珠海地方文化。

在面对和接受珠海特区城市生活这个层面上，移民作家和本土作家没有太大的差别。他们一同感受着现代都市生存观念的变化，体会着快

---

① 《珠海文学创作取得骄人成绩"诗意栖居"珠海诗会即将举行》，"珠海市文体旅游局"网站，2010 年 9 月 13 日。http：//www.zhwtl.gov.cn/a/wentilvyouxin-wen/zhuanti/2010/0913/1068.html。

速的城市化进程给传统的生活方式与生活节奏带来的巨大冲击，以及由此形成的精神摇撼和心理落差。于是，促生了他们对现代都市文明的深切思考与自觉反省，例如李逊的中篇小说《同声尖叫》、曾维浩的长篇小说《弑父》、唐不遇的诗歌《梦频仍》、裴蓓的中篇小说《我们都是天上人》等众多作品的主题指向，都关涉到这样的思考与反省。

在认同和融入珠海地方文化这个层面上，移民作家则因故乡经验对创作的影响，而明显区别于珠海本土作家。故乡"情结"之于移民作家，不仅表现在作品的价值取向、情感层次、艺术风格等方面，还表现在以哪一种视角来看取乡土与都市。因为，除了以作者固有的乡土之睛看都市，还可以从都市的角度审视故乡和故乡经验。这些因素综合地内在于作品中，就构成了移民性写作的别样特征，甚至能够生发出这些作品的特殊审美效果。若依我个人的阅读来判断的话，卢卫平诗歌的美学魅力就在于此。在现代城市与乡土田园的双重视角关照下，卢卫平笔下的故乡情愫和都市感怀，以健朗的格调为我们这些移居他乡的人们，营造出一种真切可触的情感休憩之所。曾维浩的"故乡农事诗"系列散文，其价值也主要体现为居于都市中的"深情回望"。

第三，在创作的整体风格上，珠海文学散淡而从容。

1979 年珠海撤县建市，1980 年 8 月珠海与深圳等地经中央批准创办经济特区。在以后的建设过程中，深圳发展成为综合性的现代化大工业城市，也成为中国改革开放的样板与"窗口"；珠海则发展为现代化的生态休闲城市。其中的原委虽然难以尽书，但两者的不同却显而易见。在深圳，"时间就是金钱，效率就是生命"不仅仅是一个口号，也渐渐变成了一种生存理念。快节奏、商品化、拜金主义、契约替代人情、传统伦理失落、个体欲望凸显、压榨性的廉价雇佣劳动和白热化的商业竞争等逐渐常态化的生活，伴随着城市的高速发展，给国人以前所未有的物质、精神层面的冲击和震撼。而同期发展的珠海，虽然也有"淘金热"、都市欲望、传统价值观念丧失等生活内容，但无论规模还是程度都不及深圳。

表现在文学上，特区深圳的城市生活较早地促生了丁力等人的商战小说，促生了以林坚、张伟明等为起始的打工文学，也产生了郁秀等人的青春写作，产生了连获三届国家"鲁迅文学奖"的杨黎光的报告文学……深圳文学巨大的创作成绩，使得其在20世纪90年代以来的中国文学版图上居于重要位置。而珠海文学则在相对舒缓轻柔的环境中，平稳地发展着自己。虽然城市生活中也有激烈的商战，却没有商战文学；也有打工族群的辛酸无奈，却没有打工小说和诗歌。作这样的比较，并不是想表明珠海文学不如或落后于深圳文学，而是意在显示珠海文学的特殊样貌：在珠海特区特定城市文化的背景下，珠海文学的创作空间宽阔而不逼仄，创作姿态优渥而不慌张，创作体式精致而不粗放。一言以蔽之，在特区珠海的生活土壤上，生长的是从容的珠海文学。

另一个不得不说的事实，是珠海没有自己专门的文学杂志。深圳的《特区文学》创刊于1982年，到1994年初基于深圳的社会现实亮出"新都市文学"的旗帜，至今已成为当下中国文学创作的一处重镇。期间也经历过财力不足难以为继等市场化的坎坷磨砺，但最后成功地坚守下来。珠海的文学杂志《珠海》创刊于1986年，最初曾得到王蒙、刘绍棠等名家的青睐，但慢慢地就淹没在市场经济的汪洋里不知所终。我以为，一个城市有专门的文学杂志，就等同于"井冈山根据地"，是攻守的大本营和堡垒，否则只有进行游击战。的确，与深圳文学比较，珠海的文学创作队伍因为人数少和没有根据地，就处于一种散在的"游击"状态。这个事实的另一面，也形成一个特殊的好处：因为散在，也因为从容，使得珠海文学一直处在勤于探索的过程中，直到今日。而这种持续的探索，既体现在作品的主题内涵上，更潜蕴于作品斑斓多彩的艺术形式中。曾维浩以8年时光打磨《弑父》，可为一例。

基于以上所述，本书才敢于惴惴面世。我愿意以此为起点，为自己今后的珠海文学研究做更好的努力。最后要说明的是，我的浅陋研究也是处于一种散在的状态中进行的，但却很不从容。我是在急迫的心态下，以旁观者的身份写就，所以肯定有不少粗鄙不通的判断和表述，在此也诚恳地请各位读者方家不吝教正。

目　录

沉静而忧伤的诗性歌吟

——陈继明近年中篇小说创作漫评

事实上，准确地解读陈继明的小说是困难的，或者说为他的小说寻找一个清晰的艺术定位很不容易。通常，对小说家通过文本传达出来的思想意蕴语言和情感取向，读者借助于一定的文学常识与阅读经验来进行基本的把握和理解，是能够做到的。但当我们面对陈继明小说时，却难以概括出一个明确的主题。我们的常识与经验在此笨拙无力，因为他的故事里的人物和事件如深潭水面的浮萍，或者说是冰山的 1/8 部分，预示着作品主旨的多种可能性。我们的文学智力和审美悟性，由于他的小说而面临切实和巨大的挑战。

　　确切地讲，自 1990 年的《一个少女和一束桃花》（《朔方》1990 年第 3 期）开始，到《月光下的几十个白瓶子》（《朔方》1996 年第 2 期）、《一人一个天堂》（花城出版社，2006 年 3 月），直至近期的《灰汉》和《堕落诗》（作家出版社，2012 年 1 月），陈继明的小说意蕴语言呈现的都是一种哲学属性，对人性世界和人类生存的执著探索与艰难思考，内在于虚构的人物和事件之中。也就是说，陈继明小说不是传统意义上现实主义的镜式反映，作家的真正意图隐于叙事，故事与意义之间并非单纯的一一对应关系。另一方面，就文本形态而言，在我看来，陈继明小说的叙事沉静、忧伤、温婉、悲凉，抒情意味十足。即使现实情节紧凑绵密的长篇小说《堕落诗》，也具有诗性的品质。在此仅以 2009 年 10 月以来的《每一个下午》（《黄河文学》2009 年第 10 期）、《教育诗》（《十月》2010 年第 1 期）、《忧伤》（《钟山》2010 年第 3 期）、《北京和尚》（《人民文学》2011 年第 9 期）、《灰汉》（《十月》2012 年第 1 期）为对象，对陈继明的中篇小说作基本的解读。

一　形象虚构与精神探索

陈继明写乡村，也写城市，但这种故事发生的时空定位，对于理解陈继明小说的意蕴语言没有太多的意义。在看似日常或平常的生活叙事里，陈继明热衷于描述一般中的特别或特殊，并努力凸显特别的人和事中潜隐着的、似无实有的普遍人性、人情，是"虚"中显"实"，以"虚"引"实"。我以为，这是把握陈继明小说含蕴的第一步。

在《每一个下午》中，晚晚出生几个月的孩子得了急性白血病，想恳求在县里当局长的连臣帮忙筹措治疗费未果，孩子死了，晚晚疯了，晚晚的公公、婆婆气愤了，这成为事件发生的因果前提。故事的核心元素是求助不成，这在现实生活里无论怎样都应该是一个特别的事例。以此为叙事发生的原因，四十一才会拔掉连臣母亲的氧气管，连臣才会"拔根"——彻底断绝与村里的联系。就是在这个很特别的故事因果里，我们看清了连臣与村长、队长等村里乡亲的合情合理的真实形象，看到了精神病人晚晚最后的清醒选择。在有关中学教育问题的《教育诗》里，陈继明写的是两个高中二年级的学生：学习成绩最好的女生金开心和成绩最差的男生"我"。金开心一点也不开心且有心理问题，她在一块砖上画了班主任老婆的春宫画，成为情节发展的起点。这个在《翅膀里的光线》(《青年文学》2007年第4期)基础上改写的中篇,结尾突出的是"我"清醒的选择。《忧伤》带有很强烈的思辨意味。画家郑安安想画出一张忧伤的脸,这个执拗的意念牵出了祖玲和她患肌无力的丈夫,也有了画家对自己生活的重新定位。"北京和尚"可乘出家又还俗,缘自风尘女子红芳和她那个不知父亲是谁的初生婴儿。而孩子之所以出生,是由于可乘和尚的劝诫,他因此也陷入更深的自我反省。《灰汉》让读者知道了在西北山村里有一种特殊的职业叫"灰汉"①,成为灰汉的条件是"不横、不赖、不骚、不抢、不偷、不嫖",傻但要可爱,银锁于是做了村人瞧不起又离不开的"灰汉"。可以说,陈继明在上述五个中篇里,都是以特殊或特别的人或事件作为故事发生、发展的因果逻辑基础。虚构特别的人与事件以为故事之"因",是陈继明中篇小说的一个显明特征。

接下来的问题是,如果陈继明以虚构特别的人与事来展开叙事,那么他的故事形态发展成现代主义小说的意象描述,也并不出人意料。但陈继明却在虚构特殊之"因"的起点上,开始写"实"。无论事理逻辑还是情感逻辑,读者在作品中看到的都是事件之间的因果联系环环相扣,缜密合理;人物的行为和语言符合既定身份与情境,真实可信。依我的理解,陈继明写实的特别之处体现为:人物的情感世界往往随叙事的进展逐渐丰富和完满,直至结尾才矗立起鲜活的形象。晚晚出场时精神病状态的失措言行,到最后自觉的清醒选择;

---

① 据陈继明自述,"灰汉"是小说里的虚构,意指人的某种负面的共通性。见陈继明、火会亮《寻找和探索的姿态——作家陈继明访谈录》,《朔方》2012年第9期,第18页。

"我"（刘唯一）在开篇中代人受过的热情侠义，到结尾时的逃学出走；郑安安从焦虑的思索者到最终的入世行动；可乘从受尘事烦扰到断指自赎；银锁从最初的怯懦和昏昧到最后自我放逐式的流浪乞讨。这些在陈继明的叙事中渐次显现出来由平面到立体的形象不是人物的成长史，而是抽丝剥茧地展示人物全貌的过程。我尤为感兴趣的是《每一个下午》中的连臣局长。陈继明给予连臣的正面笔墨并不多，直到母亲丧事结束连臣与妹妹对话时，这个人物丰富的内心和性情才得以完整地表现：

> 料理完丧事，回到县城的连臣和小琴兄妹，有过一次长谈，主要内容是：老家的那座宅院如何处置？他们的妈妈其实有遗言的："老家的院子千万要留下，你们抽空可以回去住住，那几亩地可以让别人种，千万不能丢。"
>
> "我想处理掉。"连臣说。
>
> 小琴问："妈妈不是说，千万留下吗?"
>
> 连臣说："处理掉，图个干净!"
>
> 小琴有些吃惊地看着哥哥。
>
> 连臣说："我已经想好了，把院子和房子无偿捐给村里，再添些钱，办一个文化活动中心，妈妈九泉有知，也应该高兴的。"
>
> ……
>
> "和拨氧气的事有关系吗?"小琴问。
>
> "没有，我早有这打算了。"连臣很肯定地回答。
>
> 小琴再一次露出吃惊的眼神。
>
> "到下决心的时候了!"

小说第 2 节里，陈继明通过晚晚与奶奶的对话，已经侧面写出连臣做事低调、不事张扬的为人作风。这不是性情质朴使然，而是胸藏城府、心思缜密的表现。用奶奶的话说："看上去没啥的人总是有啥！"连臣局长在此不同于一般官场文学中的官员形象，他的行为动机更为复杂，他的隐忍、通达的言与行不仅仅出于怎样为官的考虑，还有着中国人传统的"生存智慧"和邻里乡情之间错综情感等诸多因素，因此我们很难用好与坏、正与邪、清廉与贪腐等伦理标准作简单的两极判断。陈继明以他对中国传统文化背景下世事人情的深刻体悟，有意无意间写活了一个官员的形象。

当然，陈继明刻意"铸造"的特别之"因"，更主要是为晚晚、刘唯一、郑安安、可乘、银锁的最终"选择"作铺垫和支点。特别之"因"生成了最后之"果"——人物的自省、自觉的行动选择。而选择的自省、自觉，源于人物精神世界的丰富和复杂。至此，晚晚、刘唯一等人物的形象得以立体丰满，陈继明也完成了小说意蕴语言的婉曲表达。

但困难在于，我们应该怎样概括陈继明小说的意蕴语言，或者说陈继明想通过小说告诉我们什么？这几乎是所有读者在文学阅读过程中，必须做出回答的首要有时甚至是唯一的问题。一般而言，小说家之所以"虚构"此人此事，故事本身自然已蕴涵或潜藏着小说家对于笔下人物和事件的看法和意见。也就是说，"写了什么"已经揭示或暗含了小说的所谓"主题"，而"怎样写"则是为了使小说更"真实好看"，让"主题"更充分、更具说服力。按照这个思路，以《忧伤》为例，其主题意蕴语言可以归纳为：郑安安代表的天才世界与妻子左丽、同学李小菊、祖玲丈夫杨勇等代表的俗人世界形成尖锐对立，因此郑安安只能孤独地"在平庸的精神废墟上寻找灵魂栖居的天堂"①。《每一个下午》则是批判、谴责乡土病态人格中"奴性"之丑与"官本位"意识之恶，延续了鲁迅改造国民性的主题，小说是站在启蒙的立场上倡导人格重塑②。这样理解不能说没有道理，但在细读文本的过程中似乎又让我们觉得遗漏了些什么。郑安安在小说结尾处办了所美术学校，是受妻子左丽刺激而欲自食其力的无奈之举吗？他对遭受"肌无力"病症折磨的杨勇完全持否定的态度？连臣与村里乡亲的关系只属于"官""民"对立？假如是这样的话，精神病人晚晚就是唯一的清醒者，陈继明写出的则是一篇新世纪的《狂人日记》了。

然而在仔细品析陈继明的"故事"后，我感觉虽然他对左丽、李小菊、连臣、杜局长、金斗、张博老师等人物很"冷"，但通观全篇，"冷"也并不表示陈继明对这些人物确切的否定。即使是否定，这些人物作为故事整体的系统构成部分，也是陈继明对现实世相人情的准确摹写，是现实主义的精准笔力展现出来的读者的共同感觉。依我的理解，小说家对故事文本中蕴涵或潜隐着的人性、人情的情感态度，应该是我们索解小说意蕴语言的最佳入口。如前所述，陈继明的叙事始自特别之"因"，经过故事中人物逐渐明晰的内心选择，结束于合乎情理逻辑的行动结果，其间隐现出的作家的情感态度和情感倾向，就是最切近文本实际的意蕴语言所在。晚晚要用参加连臣母亲出殡获得的600元作路费，去广州找丈夫虎丘了。虽然还牵挂村子里的角角落落，虽然意识到

---

① 见武善增《在平庸的精神废墟上寻找灵魂栖居的天堂》，《小说评论》2010年第3期，第77~79页。

② 见李琦《论社会转型期乡土人格重塑中的精神阵痛——以陈继明〈每一个下午〉为例》，《作家》2011年第22期，第4~5页。

自己的病可能还没有好，但她觉得"挺过去"就好了，因为她已经挺过了一个又一个下午。而在心理训练营之后，令"我"（刘唯一）倾情关爱的金开心又回到了宾州二中领导和老师希望的正常学习状态，"我"却不想和她进一步发展到恋爱地步了。"我"经父母的同意，逃学去看北大，去南方旅行。郑安安在关于"忧伤"的痛苦思索与寻觅里，认识了死亡的意义，也因此理解和敬重杨勇的自杀，并与死去的杨勇成为阴阳相隔的朋友。他办了美术学校，他要做"有用的人"。北京和尚可乘于世俗中"救了"红芳之后，又断指救了自己。与世俗的喧嚣繁华相比，他心里已经矗立起了另外一个无形"建筑"，虽残缺、简陋却有力量。"灰汉"银锁则是在流浪乞讨的自我放逐中，找到了自己生命的欢乐。也因此，他要躲避村里人追逐的眼睛，更不让哥哥金斗找到自己。

有鉴于此，我愿意对上述五个中篇小说的基本意蕴语言作如下概括：陈继明在刻意"虚构"、苦心经营的文本世界里，借助于自己对人性人情的洞幽烛微和艺术上的精准表达，在寻找、探求人于生存过程中的精神位置和行为归宿——精神健康和行为自由。陈继明让晚晚、刘唯一、郑安安、可乘、灰汉告诉我们，在现实人生里，以健康的精神去作自由的行动，尽管要承受自省、自觉的艰难痛苦，但却是我们应当持有的生命选择。即使在陈继明 2012 年出版的长篇小说《堕落诗》里，主人公巴兰兰以既"妖女"又"天使"的复杂形象塑造，也只是必要和必需的艺术手段，最后的"死"而复活才是小说的重心和目的——一种常人不能担当的健康而自由的人生选择。从这个意义上说，陈继明的小说是哲学，是以人类精神探索者的姿态，借助文学的形象寻觅抵达形而上的哲学之境。

二　叙事姿态、情调与风格

我一直认为，好的汉语小说如优秀诗歌，适宜在整体上感悟和品味，却不能作静态"解剖"。而好小说具备的艺术品性之一，应该是对丰富而幽微的人性世界的执著探寻和发现，进而以沉静悲悯的姿态作温婉的叙说。如果只是对生活事相的简单是非判断和戏剧感十足的热闹描述，则属于非小说，起码不是好小说。关于前者，沈从文的《边城》可为一例；关于后者，原谅我不便实名举证。这就关涉到与小说内容浑然一体抑或互为表里的文体形态。为认识和理解的方便，我们可以从小说文体形态的诸多要素中，提取出以下几种：叙事姿态、情调、风格，以此来探讨独属于陈继明小说的文体特征。

纵而观之，陈继明似乎一直是以人类精神探索者的姿态进行创作的。这种叙事姿态始自《一个少女和一束桃花》，然后一直保持到最近出版的"红尘滚滚"之《堕落诗》。也许是为了持续强化这样一种姿态，陈继明时常把人物的内心思辨作为小说的内容元素，直接呈现在文本中。短篇《一个少女和一束桃花》是陈继明正式发表的处女作，尽管有"少女"和"桃花"这样清丽互衬的意象，但面对的却是死亡与坟墓：少女手持桃花去祭奠死于车祸的女友，可少女的手是一双假手。在阳光朗照的晴好天气里，少女用假手举着一束桃花，去和亡友"对话"。这是一个近乎残忍的人生场景，美丽、青春、希望在其中显得悲凉、凄婉，也无奈。在这个内敛式的叙事结构里，陈继明让少女进入到生与死的联想中：生是残酷的，而死未必不是一种快乐。让我感兴趣的是，陈继明让人物以"自语"式的内心独白来传递精神思考的方式，在后来的文本中不断使用，成为他小说的一个特殊标记。于是，在 21 年后的中篇《忧伤》里，画家郑安安因为杨勇的自杀继续着 1989 年的"少女"关于生死的思索：

> 他（郑安安）坚信，人可以在适当的时候自取失败，选择死。在无所作为的状况下，死勉强可以视作"作为"，视作反击，死恰恰证明了自己还活着，死是英雄主义情结的总爆发，死是对自由意志的无意运用，死是对胜利的微妙模仿。死是人显示自由意志的最后一个机会。自杀确实常常被古往今来的人们用来维护自尊、显示高贵、夸耀勇气、纵容颓废。所有的自杀者，一定首先意识到了一种强大的不可逆的东西雄踞在自己前方，取胜是绝对没有可能的。在自杀者眼里，自杀像被窝一样甜蜜，像棉花一样柔软。旁观者眼里的自杀是丑陋的，是想当然的。不打算死的人，健康活着的人不配谈死。死的美学是这个世界上唯一未经总结不可传播的一门学说。死亡的最好方式当然是自杀，在合适的时间和地点，以合适的方式自杀。自杀了，意味着你用掉了最后一点自由，丝毫没有浪费，最大限度地使用了你的自由，或者更是，自杀，是你此生唯一一次使用了你的自由。

由于这段观点更明晰、语义更明确的发生于自我内心深处的死亡思辨，郑安安在小说结尾处才独自去殡仪馆给死者杨勇献花，并轻声问亡友："好兄弟，告诉我，绝望是甘美的，对吗？"我们知道，这样的文本内容足以使很多读者痛苦难解、畏而却步，因为在其中得不到什么明确的意思和阅读的快乐。而在陈继明那里，却是用心、精心、苦心经营的地方。我注意到，2001 年以来，陈继明已发表了三篇同题为《静观与自语》① 的文章。这些写于不同时段的随想短章的辑录，后两篇内容基本重复，也显示着陈继明对此的独有偏爱②。其中关于"忧伤"和"死亡"的思辨随想，也分散于中篇《忧伤》的不同位置，成为郑安安一段又一段的内心自语，支撑和促成着人物最终的行动选择。而在《北京和尚》里，可乘除了不断地在内心"自语"，还写日记。这使我们觉得，陈继明笔下直接呈现的人物内心自语，是面对人性世界与人类生存所作的形而上层面的深刻思考；客观上，也是确立人类精神探索者这样一种叙事姿态的有效手段。

诚然，小说家采取何种叙事姿态，肯定会受到多方面条件的限制。我把陈继明的叙事姿态界定为人类精神的探索者，源自对他的小说文本的基本理解和认识。在陈继明小说显示出的作家个人的诸多信息里，人生责任、社会良知、宽厚的文化底蕴、人道情怀、精致的审美趣味等，都是促成其叙事姿态形成和确立的合力要件。以上述郑安安等人物的"思辨自语"而言，我感觉那是一种撞击、撕裂思维极限的对于纷繁事理的精准捕捉和定位的过程，一定异常痛苦，既是情感的痛苦，也是理性的折磨。行诸于文字，也仿佛"苦吟"。例如《忧伤》开头郑安安的"心语"：

> 忧伤是表情，更是内涵。忧伤和绝望有关，又无关。和凄苦有关，又无关。和麻木有关，又无关。和现实冲突有关，又无关。和

---

① 三篇同题作品分别载于《青年文学》2001 年第 5 期，《六盘山》2008 年第 4 期，《天涯》2009 年第 4 期。

② 陈继明甚至写了一首长达 120 行的诗《尘埃》，继续着这种形而上性质的随想。见《山花》2012 年第 13 期，第 139～197 页。

理想主义有关，又无关。它是平静的，宿命的，深刻的，暧昧的，适度的。又是诗的，哲学的，超验的。它的一部分源于天性，是从娘胎里和骨子里来的，另一部分来自现实，复杂的无边无际的现实，来自现实和心灵的距离。它本质上是内省的、温和的，甚至是难看见的。忧伤剧烈到悲戚，剧烈到悲愤，就不再是忧伤。忧伤以能够忍受和以不令人同情为前提。忧伤有自恋和自虐的成分。不把自己交出去，不流血，不以卵击石，但是，又不甘心，不放弃，以时不时感受到疼痛为乐。忧伤是忧伤者的美学。忧伤是始终觉得活着实在是美不胜收却又差强人意。忧伤是乡愁式的冲动。忧伤是一道伤口，不用包扎的一道伤口，可以抚摸和观赏的一道伤口，基本不担心感染的一道伤口，看不见的一道伤口。忧伤半是妥协半是拒绝。它不挑开，不说破，不前进半步也不退后半步。它不是"是"也不是"不是"。它是个人的，也是全体的。它是好的，也是坏的。它是腐朽的，也是进步的。它是进攻的，也是防御的。它是大的，也是小的。它是此时此刻的，也是不知什么时候的。它是昨天的，也是今天的和未来的。

这段充满智性的文字，绝不是叙事上的故作高深。它既是郑安安具体心理情境的写照，也关联小说的意蕴语言和叙事姿态。事实上，这也是对人类精神现象的形而上把握，言说本身便含蕴着庄严和神圣感，并自成体系，所以能单独成篇。

至此，我们可以把陈继明小说的叙事姿态——人类精神的探索者定义为：站在一定的人生高度，以悲悯的人文情怀为基石，通过对人情、人性的准确而形象的表现，艺术化地探寻人类生存过程中应有的精神位置和行为归宿。也正是这样的叙事姿态，生成了陈继明小说的哲学品性。这样的姿态还因为有高度而孤独，因为有悲悯而忧伤。我们可以说，在陈继明所有的小说里，都伫立着一个无形却又实有的孤独而忧伤的人类精神探索者形象。

关于小说的情调和风格，陈继明曾在回答"中国作家网"记者的采访时，强调他偏爱"不动声色""冷静克制"的文风，不喜欢把小说写得情大于质和极尽铺张①。的确，从《一个少女和一束桃花》开始，陈继明就刻意保持"冷静"的、"不动声色"的"零度"叙事，形成了他小说特有的张力。结合文本事实，在此我更愿意用"沉静"来替代"冷静"，因为前者含有"从容"的意味。在我看来，这种沉静的叙事，可以具体表现为：第一，叙事语言上的节制。沉稳、不张扬，节奏不疾不徐，始终如一。第二，对故事中的人物和事件，不作直接的道德评价，而是由人物的言行自身表现出来。如《每一个下午》中村民的自私、贪欲，连臣局长的隐忍、机谋；《北京和尚》里智河住持的庸俗、势利，杜局长的市侩作风；《教育诗》中班主任张博老师的虚伪、狭隘等。由于陈继明对人物心理和言行的准确描述，读者自己就会得出合乎人物实际的价值判断。第三，如本文首段所述，陈继明避免故事和小说意蕴语言之间成为一一对应的镜式反映关系。他把真正的写作意图深隐于叙事之中，有意拉大了二者间的距离。由于意蕴语言空间的拓展和加大，就形成了小说主题阐释的多种可能性。

而且，当从容沉静的叙事过程与孤独、忧伤的叙事姿态融合为一体

---

① 见胡殷红《忠实于自己——就〈一人一个天堂〉访陈继明》，《黄河文学》2006年第6期，第85~87页。

时，又成就了陈继明小说特有的抒情气质和诗性品格。从文体风格角度看，《每一个下午》最具代表性。"每一个下午"意味着什么呢？是一天将要完结的物理性时段？是时光流逝的象征？还是困苦情感逐渐消失的譬喻？陈继明用它做了标题，并在故事发展的过程中几次写到，还在结尾处特别给予强调：

> 胡麻是细细的绿，洋芋是粗粗的绿，麦子是茸茸的绿，春天的地里面，花，要么没开，要么没长大，满眼只是单一的绿，瘦瘦的麻雀找不到可吃的东西，在田埂上并着脚作徒劳的跳远……晚晚用出殡那天获得的600元作路费，要去广州了，本该高兴，心里却一揪一揪的，觉得村子的角角落落里布满细碎极了的温爱，样样东西都令她牵挂，于是她便发愁，自己的病可能还在。好在，她突然意识到，出门上车的时间恰是下午，那么，挺过去就好了！最近这些天，每一个下午不是都挺过去了吗。

"每一个下午"在文本中形成的复沓效果，加之不时出现的清新的景物描绘，就使这篇小说具有了抒情诗的品格，"每一个下午"更如诗眼。在《灰汉》等其他四个中篇里，虽然没有《每一个下午》这样显明的抒情质素，但在意蕴语言传达、叙事姿态、叙事情调与风格上，都带有诗性的抒情气质。如果把这一特征扩展到陈继明的所有小说，也丝毫不显得生硬。为此，我愿意也应该把陈继明小说的美学特征概括为：沉静忧伤的诗性歌吟。

"用写作的行动关注人类的共同境遇"

——关于 20 世纪 90 年代以来曾维洁

小说创作的几点认识

10 多年前，我还没来珠海工作，就听说过曾维浩和他的长篇小说《弑父》，大抵是由于在评论界较有反响，之后又知道了长篇小说《离骚》，但只是听说而已，并没有读过。2011 年 11 月初，在北师大珠海分校文学院举办的叶维廉学术讲谈会上，才第一次见到曾维浩本人，一副谦和儒雅的样子。会后与曾维浩说了几句关于他的短篇小说《米嫖》的客气话，其实也是真心话，他谦虚地说：这几年没怎么写了，感谢关注。不知道为什么，曾维浩谦虚的语气和姿态留给我很深的印象。近几年我常常感觉，自己像不少人一样习惯于观看远方的文学，以为国家和地域的文学中心如北京、上海、广州等，才有壮观瑰丽的风景，对于自己移居城市的文学创作实绩，却有意无意地忽略了。而今定睛细看，开始发现珠海文学自有其不可替代的魅力，曾维浩就是其中让我敬佩的小说家。现就我对曾维浩小说的基本阅读，谈几点个人感想，范围限于短篇《陀儿与沙儿》（1990 年）、长篇《弑父》（1998 年）、中篇《怀念一棵树》（2001 年）、中篇《了难人之死》（2002 年）、短篇《米嫖》（2003 年）、短篇《苹果落地》（2007 年）、长篇《离骚》（2008 年）①。

---

　　① 此处所列作品依次载于《上海文学》1990 年第 6 期、《花城》1998 年第 2 期（《弑父》单行本由长春出版社 1998 年 2 月出版）、《青年文学》2001 年第 5 期、《红岩》2002 年第 4 期、《作品》2003 年第 1 期、《时代文学》2007 年第 1 期、《花城》2008 年第 5 期（《离骚》单行本由江苏人民出版社 2009 年 11 月出版）。还有短篇小说《吞咽》，载《佛山文艺》2006 年 5 月下半月刊，因没有读到在此不做评论。

一 关于《弑父》

曾维浩的创作始于 20 世纪 80 年代的上半叶，后因《凉快》《弑父》等声名鹊起。长篇《弑父》发表后引起强烈反响，《小说选刊》《花城》与珠海市作家协会在北京专门为这部作品召开了研讨会，与会的评论家们认为：曾维浩历时 8 年创作的"《弑父》以自由奔放、新颖奇特的想象和夸张、变形等手法，完成了对另一个世界的全面虚构，表达了乐园与失乐园的宏大主题。"作品是"站在九十年代的人类立场，从生命史的角度所做的重建宏大叙事的努力"，是"'乌托邦的心灵史'、'神奇的生命大寓言'，是九十年代众多长篇小说中不可多得的'奇书'"①。这样的肯定和称赞，在 14 年前的中国文坛上并非过誉。在此，我最感兴趣的是"站在九十年代的人类立场"一句，这既是曾维浩写作《弑父》的物理时空位置，也是他思想认知和情感关注的出发点。

首先是"九十年代"这个时间节点。20 世纪 90 年代对于中华民族而言，所喻示的文化学意义、社会学意义、经济学意义等等，怎么解读都不过分。经过 1978 年以来十几年的物质准备与精神铺垫，市场经济体制开始全面地在古老的中国大地上铺展开来，中国人既有的生存观念、生活方式和文化视野，逐渐发生了前所未有的松动和转变。中国凭借"改革开放"，开始了艰难而必然的社会转型，从农业文明的"田园

---

① 见《曾维浩长篇小说〈弑父〉引起文学界关注》，《花城》1998 年第 5 期，第 165 页。

牧歌"向工业化的现代城市交响过渡。另一方面，鸦片战争以来的社会发展现实，使得中国社会几千年来真正地与世界发生了联系。如果说清朝末年的国门洞开是被动和被迫的话，那么1978年之后的中国则是主动地拥抱世界，以求步入"地球村"的行列。这个时候，得风气之先的当代知识分子因"春江水暖"，而能够从"民族立场"站到了更高的"人类立场"，来感受、思考和表现华夏民族的现状与未来。日渐真切实际的"与国际接轨"，对于20世纪80～90年代的中国作家而言，不仅提供了文学理念和技术等新鲜丰富的写作资源，也开启了感知、探索人类生存所面对的共同境遇的写作路径。所以，在"九十年代"的中国文学"众声喧哗"之际，曾维浩绕开"私人化写作"的行列，开始执著于"发现更多更深刻的人类弱点"并"关注整个人类处境"①，于是《弑父》面世，也因此形成了轰动效应。也就是说，在曾维浩之前，还没有人写过类似《弑父》这样的作品。

《弑父》写了什么？在此梗概如下：

　　介是雉洛城一位时装设计师的儿子。父亲为了满足介了解生命来源的要求，在他八岁时让他观看自己和妻子做爱，并立下遗嘱，自己的尸体可以由介解剖，以探索生命的奥秘。当介后来解剖父亲的遗体时，雉洛城的人们却被他的叛逆行为激怒了，纷纷要求杀死他。介为了逃避追杀，就跑到肯寨这个原始荒蛮的部落，也带去了现代文明，并被肯寨的女人们尤其是美丽不老的女头人枇杷娘接纳，生下不少孩子，介想用这种办法来改造肯寨人的素质。同时，

① 见《以小说的方式关注人类境遇——曾维浩访谈录》，载张钧《小说的立场——新生代作家访谈录》，广西师范大学出版社，2002，第519～525页。

介还勤勉地带领肯寨人建造现代房屋，和东方吉堂一起修建水库，在简陋的条件下为云根子的老婆施行切盲肠手术……但介逐渐对肯寨人的愚昧感到愤怒和绝望，最终还是离开了肯寨。

三年后，肯寨遭遇灭顶洪灾。枇杷娘认为灾难是介带来的，因为他改变了肯寨的传统。于是她开始率领整个部落清除介带来的现代文明的一切痕迹，企望以返璞归真来拯救部落，并发誓杀死介。枇杷娘让介与自己生下的儿子东方玉如去追杀介。只有东方吉堂想念着介，为了挽救肯寨他试图重新创造一次被毁坏的现代文明，结果被枇杷娘扔进沼泽里，变成一棵树活在山林中。

菩垣子这个小镇是现代城市雒洛城的附属地。为证明自己的地位，菩垣子政府拼命开掘文物。农业技术员在报纸上撰文说，用墓穴里的文明和辉煌证明自己是一种不自信的表现，便遭到镇压和拘捕。后因肯寨水灾漂流出来的散碎物品而被释放，受命离家寻找肯寨进行科学考察。

东方玉如在寻杀介的过程中，宿命般地将雒洛城的敌人错当成介杀死，依当地约法成为雒洛城的行政长官，得到全城人的无限拥戴。在权力的陶醉中，他忘记了自己弑父的使命。

枇杷娘为了找到破解介的符咒的新办法，带领部众把介的追随者东方吉堂从沼泽里请出来，把头人的权力交给了他。东方吉堂毁掉肯寨，带领大家远徙以寻找新的栖息地。只有蓝寮妇练习吐丝作茧的功夫，在迁徙途中变成了一只大鸟，与一只秃鹫相恋。

枇杷娘和东方吉堂云雨之后日益苍老，她怀疑东方吉堂是和介串通好到某地相会，便通过一片树叶传信给东方玉如，让他继续追杀自己未曾见面的父亲介。于是，东方玉如以穿铜纽扣服装为诱饵来寻找介，雒洛城为此时常有人失踪。

其实介没能回到雒洛城，他逃到一位退隐于大林莽中的老将军那里。将军总是设想用自己驯养的一群鸟和雒洛城的敌人作战，蓝寡妇和秃鹫也混迹群鸟中。她给枇杷娘通风报信，肯寨的人便来捉拿介。老将军不愿受辱，拉着介的手跳下悬崖。介的尸体马上风干为石头，就像他一直带在身边的父亲的心脏一样。

东方吉堂告诉肯寨部众，哀恸已无意义，介的出现证明这个林莽就是我们要找的地方。

农业技术员找到已成废墟的肯寨后，没有回到菩垣子，而是错误地抵达了雒洛城。在博物馆展厅里，他看见时装设计师和环绕着他的十几个漂亮女人的尸体，就想起自己发明的圣墓教教义中的词句："我们一生下来就在寻找墓地。墓地是我们唯一的归宿……"

农业技术员发现雒洛城"叶脉形的街道上卧满了碳化的尸体"，他们"全都以行进的姿态朝着同一个方向"[1]。

"梗概"显示的故事人物明确、线索清晰，原著里的人与事却远非这样简单。在《弑父》中，叙事时空纵横交错，语言繁复绵密，情节设置缺少生活现实的支撑，全篇的人物事件都基于远离实际事物本身的想象，形成整体上的寓言化效果与象征意味。如曾维浩自己所言：写作

---

[1]　节引自曾维浩《弑父（梗概）》，《北京文学》1998 年第 11 期，第 65 页。

《弑父》的目的就是意在"以丰沛的想象力关注人类文明的尴尬",写作的过程则是一场"想象的狂欢"①。14 年过去,如果站在今天的文学语境里评价《弑父》,其结果恐怕就不是当年谢有顺的冷静批评或施战军的热烈赞赏了②。在我看来,曾维浩"站在九十年代的人类立场"创作出来的长篇小说《弑父》,从读者角度看是有一定的缺点或不足的。具体可以总结为:

第一,概念化的人物行动和环境。

《弑父》在没有具体时间背景的情境中,写了四个主要人物:介、东方玉如、枇杷娘、菩垣子的农业技术员,或者还可以算上东方吉堂,他们都带有某种观念象征体的意味。介是小说的主人公,他为探究生命的起源而解剖父亲的尸体,在雒洛城人误解和巨大的压力下开始逃亡,到肯寨又不堪其愚昧而出走,回不到雒洛城而进入大林莽,最后死于非命。介的反叛→逃离→死亡是贯穿小说始终

---

① 转引自程青《98 长篇小说力作集中叙事成熟》,《瞭望新闻周刊》1999 年第 15 期,第 49 页。

② 见谢有顺《集体话语的限度》、施战军《〈弑父〉论》,二文同载于《南方文坛》1999 年第 2 期,第 33 - 37 页。谢文认为:《弑父》以脱离生活实际的想象为写作手段,建立起一个寓言和象征的观念世界。小说的主题指向呈现为一种二元对立的状态:站在现代文明的立场上反对落后愚昧的农业文明,同时也站在代表自然和谐的农业文明的立场上反对平庸堕落的现代文明,最后的归宿都是坟墓。因为远离生活和常识,缺少个体经验的真实表达,所以作品是泛化的观念性写作。施文认为:《弑父》是人类生存悲欢情仇的墓志铭。小说用纸和笔营构起一座全景的博物馆,其中有关于人、关于人的处境、关于文明的遗落、关于自然与人的共生等四大序列馆藏品,它形象又严肃地喻示人们,自一开始,人类就已把自己所居处的星球逐渐变成了自己的墓地,而这座博物馆就是人类的墓碑。瑰丽炫目的想象力和情境铺排,使作品具有魏晋南北朝时期"志怪"小说的文体神韵。

的线索，在此成为现代文明发展路径的象征。如果说介是主动"弑父"的话，那么来自肯寨的介的儿子东方玉如却是被动的真正的"弑父"者。介最后居于丛林，渴望回家的东方玉如却留在雒洛城；介回不到城市，东方玉如回不去肯寨。父子二人都回不了"家"，成为漂泊"在路上"的流浪人生的形象隐喻。介试图把雒洛城（文明与科学）和肯寨（愚昧与落后）结合在一起，但到来的是毁灭一切的大洪水而非幸福的生活，因而肯寨人的既有家园不能居留了，新的栖居地也难以觅寻，不管肯寨的头人枇杷娘还是介的拥戴者东方吉堂有多少冲突，寻找新家却是两个人共同的心愿。此外，离开家园后回不去的还有菩垣子的农业技术员。这个小说里最具"正面形象"色彩的思想者受命寻找"绵竹纸上的现代文明"，却始终穿行在墓地与废墟之间，来到肯寨时见到的是废墟，返回菩垣子的途中却错误地抵达雒洛城，在城市的废墟中他发现"我们一生下来就在寻找墓地，墓地是我们的唯一归宿……"。

不仅如此，曾维浩还设置了几个具有象征意义的人物活动环境。雒洛城是现代文明之城，肯寨是蛮荒愚昧之地，菩垣子发展的目标就是雒洛城，大林莽或许可以成为人类新的居留处所（前景不可预料）。还有表现隐喻或象征意义的物品：铜纽扣、指北针、水库大坝残基、石头上的凹形文字等，这是人类文明发展路途上的标记。曾维浩是以此"建造"起一座关于人类文明过去、现在和未来的象征式大厦，来为现实中的人们示警。所以，《弑父》的主题无论怎么概括，大体都可以围绕"丧失家园"来思考。而丧失家园的原因在于，人类文明的发展与进步，并没有给我们带来真正的福祉，城市只是"人类充满垃圾的驿站"，我们在发达的文明和科学里越来越茫然失措。曾维浩是在提醒读者：注意看吧，这就是我们这些现代人的生存困境，这就是人类科技文明的尴尬和结局。正如小说"题记"里所写："所有的人类建筑都是墓碑，所有的文字都是墓志铭"。

可以说，《弑父》的确以深切的理性思索和独特的艺术想象力，写出了现代文明发展的尴尬和困境。在20世纪90年代的文化语境中，能对人类社会发展的前景产生这样的质疑和焦灼感，充分显示出曾维浩关于现代文明思考的深刻与前瞻性。问题是，这座处处象征和隐喻的文学大厦，由于只有概念化的人物行动和环境的演绎，而缺少合乎事理逻辑与情感逻辑的生活细节表现，就显得空疏泛化，仿佛竣工后还没有完全装修的高大楼宇，气势巍然却少有活力和生气。我以为，这是《弑父》面世以来，大多数读者对其关注日渐淡漠的主要原因之一，因为看不懂或不好看。

第二，结构的繁复和想象的恣肆。

曾维浩在作品中设置了四条人物行动的线索：介的不断"逃离"的行动、东方玉如在雒洛城的行动、枇杷娘消除介的"符咒"的行动、菩提子的农业技术员寻找肯寨的行动，它们纵横交错地编织成《弑父》繁复的结构之网。全书共二十章，每章中都有两条以上的人物行动线索交互并行。这样的繁复结构固然体现出曾维浩驾驭长篇小说文体形式的非凡能力，但负面效果也显而易见，那就是读者在持续索解各种象征隐喻意义的同时，还要处处顾及小说上下文的接驳与赓续。于是，除部分学者和批评家外，大多数读者就会在作品抽象的理念和繁复的线索拖曳下跟跄前行、气喘吁吁，或者止步不前，或者望而却步。也就是说，相当多的读者因为读解能力跟不上作品繁复错杂的内容推进，自然也就放弃了对它的接受。

此外，我觉得曾维浩在《弑父》中为恣肆无忌的想象呈现而忽略和超越基本事理，不能不说也造成了小说的缺憾。我能体会得到曾维浩因丰沛畅达的想象而得到的写作快感，但读者不会也不愿意探知作者之"乐"，他们只能面对作品本身。这样，作者放纵想象越过生活常理，也形成了对于一般读者的阅读障碍。第九章里，东方玉如要在雒洛城博物馆陈列自己的"影子"，博物馆长和考古学家对此束手无策，东方玉如运来一麻袋青苔，在展柜里铺开来"影子"就出现了，以后东方玉如几次来自己的"影子"这里吸取能量。这个"影子"的想象令我赞叹佩服，其隐喻意义也不言自明。我因此也发现，曾维浩以想象构筑的意象不是单一地出现一次就消失，而是还承担着扭结情节结构的功能。这样的想象是曾维浩写作功力的体现，但也是作品的不足。第三章里，东方吉堂被枇杷娘扔进沼泽中的泥淖长成一棵树，到了第十三章又被拔出来成为肯寨的新头人；第十六章里枇杷娘开始冬眠，到第十八章通过东方吉堂的"抚爱"让枇杷娘醒来，其中固然有作者复杂的思想寓意，但"想怎样便怎样"却不能令读者理解。最典型的是在第十九章中，曾维浩这样写道：

> 枇杷娘离开东方吉堂，独自走向水潭。边走边说，我不知这些水要流到哪儿去，不过，我得放漂一片有信息的叶子，这片叶子也许有一天会漂到东方玉如所在的城市，他要在那片叶子上找到新肯寨的路线，等他想回来的时候，他就能找得到回来的路。她一边说一边测试着水流的方向和速度。一段时间里，枇杷娘认真地在森林里寻找合适的叶子。这样的叶子要脉络分明，纤维缜密。

曾维浩接着就写：

> 东方玉如是在沙滩边发现枇杷娘所放漂的这片叶子的。这片叶子经历了时光与路途的磨损，已缺了一角，叶子上沾满了肮脏的泡沫，可是它独自漂到一个儿童的脚窝里。东方玉如是因为注意到那个儿童的脚窝才注意到这片叶子的。他想潮水再一上来，这个脚窝就会被轻轻地抹平，那么这个儿童还会找到他的脚印吗？东方玉如以为这是儿童留下的一枚贝壳，当他拾起来发现是片叶子时马上获得了一种灵感：这是一片特别的叶子。我将在这片叶子上查找肯寨的路线。东方玉如悄悄地把这片叶子捡回去，用鼻子仔细地嗅着叶子上残存的森林的芳香，一种久违的情绪怦然而动。这一定是枇杷娘放漂下来的叶子！这一定是枇杷娘放漂下来的叶子！

这样近似荒诞的超现实的想象性描述，只能形成对读者常情常理感知的极限挑战。这是一种现代主义诗歌的写法，隐喻意义虽然可以界定，但却违背基本的事理逻辑和生活常识。小说结尾，农业技术员误入已成废墟的雒洛城，"他惊奇地发现整个城市居然是一片树叶的形状，那些清晰可辨的街道组成了叶脉"。"他发现叶脉形的街道上卧满了碳化的尸体，有些还发出碳晶体断裂的清脆声音。人们全都以行进的姿态朝着同一个方向！"由树叶传递信息，到城市成为一片树叶的形状，曾维浩只在自己的小说里自享着想象的欢愉，陶醉的同时却忽视了读者（曾维浩在其他小说里也喜欢写树叶。如在《离骚》中，树叶是吴天成寄托对王一花爱恋的道具）。

诚然，上述两点缺憾还不足以否定《弑父》。事实上，《弑父》对人类文明的尴尬和困境的理性探索，关涉到人类学、社会学、哲学等诸多学科要面对的共同课题。20 世纪 90 年代以来，随着相关的西方理论著述和艺术作品的译介引进，以及中国社会现代化进程的加快，对这个问题的学理性探讨也越来越深入。而从文学层面对此作个性化的形象演绎，曾维浩用力最勤、用心最深，也最有效果和影响。2012 年 4 月上映的管虎导演的电影《杀生》，依我的理解就是沿袭了曾维浩 14 年前《弑父》的主题和手法，而且在深刻性与丰富性上远不能和《弑父》相提并论。仅从这一点来看，《弑父》完全称得上是 20 世纪 90 年代中国文学特异的和有价值的存在。或许只需在形式和手法上再寻求一些突破性的改变，就会形成更好的文学效果。因为，在相当长的一个时期内，转变中国汉语文学读者"单一向度"审美习惯①的难度，要比转变作者自己大得多。

二 关于《陀儿与沙儿》《怀念一棵树》 《米嫖》《苹果落地》及其他

《弑父》之前，曾维浩在 1990 年发表了短篇小说《陀儿与沙儿》；2001 年，在《弑父》出版后他又发表中篇小说《怀念一棵树》。我强调《弑父》之前和之后，是因为在主题指向上，这两篇小说都显示出与《弑父》的某种承继关系。

《陀儿与沙儿》写的是标题里的两个人——60 岁的职业宰牛人陀儿和 10 岁的沙儿的故事。依旧是在没有具体时间背景的情境中，因宰牛

---

① 见《以小说的方式关注人类境遇——曾维浩访谈录》，载张钧《小说的立场——新生代作家访谈录》，广西师范大学出版社，2002，第 519～525 页。

人娶妻会害了女人的观念影响，陀儿一生都是自己在土砖小屋里与宰刀相伴度过的。在18岁的时候，陀儿为了用牛血浆结一张新的渔网，就从前任手里接过宰刀杀了第一头牛，从此成为职业宰牛人。也从此，陀儿"一生花了很多的时间磨刀"，在磨刀声里陀儿渐渐老去。沙儿是陀儿唯一的朋友。陀儿60岁时，10岁的沙儿请他去宰自己家快要冻死的老牛。这头牛是陀儿要宰杀的第108头。如果超过108头，阎王就会把宰牛人打入地狱变作牛。因此，沙儿家的牛是陀儿要宰的最后一头。陀儿是在沙儿同意继任宰牛人身份后，才开始宰他的最后一头牛的。结果是：陀儿一刀下去，却发现这头牛不是冻坏而是吃了坏红薯醉倒的，它至少还能活五年。陀儿杀错了他的最后一头牛。为赎错杀的罪，陀儿从容地迎向疯狂奔跑的牛，让牛角抵进自己的胸膛，和牛一起死去。

与《弑父》相比，我个人感觉这是曾维浩最好的小说之一。即使不谈具体的主题指向，仅从作品形态本身而言，艺术韵味已经十足了。背景苍茫，情节单纯，叙事清澈简洁，无论谁读完这篇小说，都会想到人生的某种状态，人活着应该有的某些承担。出场的只有两个人，在曾维浩虚置也即不写一字的时空场景里，天地静渺，陀儿与沙儿的对话是情节推进的主要动力，二人的语言动作显示的是"孤"与"独"的关系，也因此体现他们的紧密联系。寒冬，白色的雪和雪地，杀、死亡，红色的血——陀儿吐出的血，牛角插入陀儿胸膛与濒死的牛流出的血，凸显出"冷"。"孤"和"冷"，构成这篇小说的基本情调。曾维浩从中要表达什么？人性的善与人生的责任，尽管伴随的是"孤""冷"。这是曾维浩对人类生存处境的别一种体认，区别于《弑父》中的否定判断。

虽然与《弑父》驰纵想象极尽铺排的叙事不同，但在抑制情感或情绪的流露上，《陀儿与沙儿》和《弑父》及以后的作品还是一致的，只是程度上有差异而已。这也体现出曾维浩小说的一个基本叙事特点。冷静叙事，是风格，也是曾维浩表现作品主题的必要手段。就我读到的曾维浩小说来看，对人类生存处境或基本境遇的关注、思考和判断，是他一贯的作品主题指向。我感觉，这个主题指向在曾维浩的小说中，总体上体现为一种温煦的肯定，一种满怀悲悯的导引，《弑父》或许只是一个另类和极端。即使在《陀儿与沙儿》中，沙儿难道不是陀儿生命与责任担当的延续吗？

《弑父》之后的中篇《怀念一棵树》，虽然写的是现实生活中的古士原，但依然延续了《陀儿与沙儿》《弑父》的寓言和象征色彩。古士原及围绕其行动的父亲古老板、翠谷、年轻画家，是小说中的基本人物。在烟火气十足的现实情境里，四个人各自做着不同的两件事。名牌大学自费专科学生古士原，因为植物名称的问题与老师发生争执愤而退学，他唯一要做的是怀念那棵业已消失的荔枝树；古老板和功利的翠谷、年轻画家要做的，是筹划建造想象中矗立于茫茫戈壁中的西部赌城。于是，一棵树和西部赌城就成为小说中人物的行动目标。曾经存在的树连接着过去，虚幻的西部赌城指示着未来，最难以忍受的是"现在"：没有人能理解古士原对那棵树的怀念，就像古士原不能理解父亲、翠谷、画家三人的西部赌城一样。精明而偏执的古老板、聪慧而利欲熏心的翠谷、执著而愚蠢的画家因想象中的赌城达成默契后，古士原开始要逃离"现在"，走向未来。

> 小别墅的火灾是在一个初秋的日子发生的。那时电视里一直出现黄色火警信号。人们老是想，都说这个天气风高物燥，是容易起火的日子，干吗就老不起火呢？想着想着，果然就起火了。宣传防

火的部门就非常高兴：要你们注意防火没错吧？有人不注意可不就起火了？古老板和那个叫翠谷的女孩及年轻画家成了这一场火灾里的冤鬼，这是人们难以置信的。唯一可以调查的是古老板的儿子古士原。可是他于火灾后失踪了。据说有人看见他背着几卷画，走在去西域的路上。

曾维浩在此调侃了几句"现实情境"后，以这样的结尾告诉我们："现实"被消灭了！不但那棵树没有了，"现实"也没有了，有的只是未来。可未来只是那座想象中的虚幻的西部赌城吗？不论怎样，到了未来才会知道。所以，古士原可能已经走在去未来的路上。若是这样的话，曾维浩至此也就完成了真正的"弑父"。

纵向比较，我认为《怀念一棵树》是曾维浩1990年以来写得最不冷静的一篇小说，有以智力"逗弄"读者的嫌疑，尽管其中增加了幽默元素，尽管幽默来自智慧。好在他接着写出了《了难人之死》。

我感觉，从《了难人之死》开始，曾维浩回到了现实的大地上，也回到了读者身旁。这使得他对人类生存处境的持续关注变得越来越具体可感，也越来越温煦和悲悯，表现为一种肯定性质的导引或指引。

在《了难人之死》中，彭运才和刘月珍这对农民工夫妻刚到城里打工时还算满足，经历了流氓未遂事件和丈夫帮同乡叶麻子了了一次难，精明的刘月珍开始不满足了，想出"诱引勒索"的主意。得手一次后，却遭到彭运才的断然拒绝。她就开导丈夫主动去替人了难，在"斯文人"有"难"时，彭运才了难成功，得到五千元的酬劳。叶麻子闻讯后找上门来，要彭运才管一条街了难的事，为了攒够回农村盖房子的钱，他答应了。期间，彭运才受"江西女子"的欺骗染上毒瘾，最后按叶麻子的安排杀了这个女人。杀人后的彭运才没有逃跑，决定等着警察来抓他去枪毙。刘月珍支持丈夫的决定，并要为他怀一个孩子。小说最后写道：

> 了难人彭运才被枪毙的那天，刘月珍感到肚子里的孩子开始蹬腿了。刘月珍看到第二天的报纸，知道了彭运才的忌日后就揣着那个存折上了路。一路上，刘月珍产生了一种很奇怪的感觉，她觉得彭运才已经被自己变成了一个小人儿装进了肚子里。她全身心地保护着他回家。她要在村子里修一层楼的房子，房子里贴上有花纹的瓷地板，让他过上幸福生活！

在这篇小说里，曾维浩写出了不少颇具幽默感的细节，如装着一截断指的酒瓶，在刘月珍下班的夜路上抓流氓等。但曾维浩蕴涵在小说叙事中的主题，则是严肃的。彭运才本真的良善与到城里打工后所起的贪欲的冲突，让他的生活失去了平衡和泰然，虽然他很注意节制自己的欲望。而彭运才夫妻的"欲望"，只是要在家里盖一座新房。为了这个质朴的"欲望"，他最终"丢掉"了生命。除开小说表层显明的现实批判倾向，我以为曾维浩在冷静的悲悯中，表达的是对人生和生命的温暖的肯定。彭运才死去的那一天，妻子刘月珍怀着丈夫的新生命走在了回家的路上。即使新房子不一定是幸福生活本身，但那起码也是新生命对新生活的希望所在。

作家潘吉光曾说："曾维浩的审美意识似较倾向于世界、生命原生态、美丑交融的艺术表现"，他的"小说既是对现实生存处境的呈现，又表述出对生存处境的价值评判"[①]。这样的评价虽然是针对《弑父》

---

① 见潘吉光《个体生命与民族根性——评曾维浩小说集〈凉快〉》，《小说评论》1998 年第 3 期，第 91~92 页。

之前的小说创作得出的，但同样适用于曾维浩后来的作品。而且，曾维浩在"呈现"人的"现实生存处境"的同时，对生命与生存的具有导引性质的"价值评判"，也愈发显明和倾向于肯定。就如我们不能指责甚而至于钦佩彭运才相同，我们也同样不能仅以同情去看待国一果。

国一果是短篇小说《米嫖》中的人物。若以《怀念一棵树》为界限，把曾维浩小说分为前后两个阶段的话，《米嫖》应属于后期的杰作。这篇小说讲述的故事并不复杂，只发生在国一果和苘一萍两人之间。当过兵的38岁的农民工国一果打算从公司食堂偷30公斤大米给老乡苘一萍。国一果受昔日战友之托去看苘一萍时，才得知战友的这个堂妹并不在电子厂跑业务，而是做"小姐"。苘一萍对自己所做的一切很坦然，甚至"做生意"都不躲避国一果。这就让国一果从不理解到纠结再到也想和苘一萍睡一觉。苦于没钱，国一果就想到以30公斤大米充抵嫖资。当国一果背着大米来到苘一萍的租住房，欲强行"交易"时，食堂管理员老郭带着三个警察也到了。因为，国一果一段时间来的反常举止，早已使老郭充满了警惕。故事的看点在于以大米抵嫖资的"米嫖"，内在的却是国一果心理上的矛盾冲突过程。

国一果刚知道苘一萍做什么时很吃惊，第二次见面听了"五十一百也做"就产生了"跟苘一萍睡一觉"的想法，等到苘一萍不避讳和小民工"做生意"时，国一果坚定了"睡一觉"的主意，于是就开始设法偷嫖资——大米，为此国一果在心理上一直是忐忑和惴惴不安。苘一萍正好与之相反，她对自己所做的一直坦然以对，不答应国一果的睡觉要求是为他着想和负责。这在国一果那里，却误解为苘一萍嫌自己没有钱。两个小人物之间的不可沟通，才促成小说最后一幕的出现。在警察面前，国一果跳水自杀未遂，羞愧得一塌糊涂："丑死了，我丑死了！我不能活的了！"老郭劝道："丑归是丑，活总是要活下去的！"一个警察也重复说："丑归是丑，活总是要活下去的！"

是的，活总是要活下去的。问题在于，我们应该怎样看待活着过程中的"丑"。在这个可能源自生活实事①的"米嫖"故事里，曾维浩仿佛只是冷静客观地讲述，并未表现自己的价值判断。但仔细读来就会发现，曾维浩已经在字里行间传达给我们一种不动声色的理解与同情，体现的是对普通人生存境遇的温煦关注。

到了4年后的短篇小说《苹果落地》，曾维浩依然在冷静沉稳的叙事里表达一贯的悲悯和温煦，犹如冬日暖阳。这一次写的是杀人，只不过从开始产生杀人的想法到完成杀人的行动，用了36年的时间。这次杀人的"马拉松"过程是这样的：木耳村的丁香在36岁时已经有3个孩子了。那一年夏天，丁香去集体的苹果园里打猪草，拣到一个落地的苹果就啃了几口。丁香是不会摘树上的苹果吃的，摘了就等于偷。可就在丁香啃那个落地的苹果时，听到了守林人林锡的咳嗽声。参加过抗美援朝的退伍军人林锡，总是利用咳嗽表现自己的存在。林锡判定丁香是偷吃集体的苹果，以挨批斗为由威胁强奸了丁香。在又被要挟三次后，丁香把事情的原委告诉了丈夫杨一玺。丁香原本想自己弄死林锡，却没有成功。林锡也对她说："你回去告诉杨一玺，让他来把我弄死。我搞了他的女人。他应该弄死我！"杨一玺就在一天晚上点着了林锡睡觉的草棚，林锡却逃了出来并被评为先进分子。杨一玺路上遇见林锡时对他说："我还是要弄死你。"自此后，杨一玺和丁香不同于木耳村热衷议

---

① 见《淫窝老板竟许诺：背百斤米嫖一次娼》，新浪网"社会新闻"2002年6月4日。http://news.sina.com.cn/s/2002-06-04/1422595692.html。

论杨贵妃是否有狐臭的其他人了，他们开始有了明确的生活目标：弄死林锡。他们为此精心调理生活以强健身体，他们设计构想林锡的多种死法，甚至当面问林锡："你想怎么死?"林锡说怎么死都可以，但要等孩子大了生活好了丁香没有负担了，你再弄死我。好日子终于来了，可这时林锡已经83岁了，杨一玺也有79岁，丁香72岁。再不弄死林锡，他就会自己死去了。于是杨一玺约林锡来家里喝酒，用栗木拐杖打死了坦然受死的林锡。两个古稀老人平静地守着林锡的尸体，等着警察来。丁香为丈夫实现誓约而骄傲，杨一玺则认为，林锡一直爱着丁香。

曾维浩在此写的是一个有生活依托却又超越生活情理的故事。如果说林锡开始时胁迫丁香是让人痛恨的话，那么36年后坦然受死的林锡给读者的感觉却要复杂得多。在丁香这一边，夫妻二人对是否弄死林锡也曾犹疑过，因为几十年过去仇恨越来越淡了。但他们要守住的是一个半生以来的誓约，而林锡则是落实誓约的对象。双方都清楚自己在这个誓约里的位置，所以林锡坦然，杨一玺和丁香决然。曾维浩用抑制得近乎冷漠的叙事，向我们喻示现实生存境遇里的某种矛盾与尴尬，以及蕴涵在其中的必然选择。我以为，这不是传统现实主义的创作主题，而是更近于整体性的寓言或象征。至于现实感充分的情节设置和细节描述，只是曾维浩在逐渐地改变着自己的小说写法罢了。

三 关于《离骚》

与"弑父"这个来自西方文化并带有形而上思辨色彩的语词相比，"离骚"显然是一种纯粹民族化的表达。因2300年前屈原写了《离骚》，凡读过小学的中国人就都知道这两个字的含义：是屈原写的有关国家政治与个人遭遇的抒情诗，虽然读得懂的人不是很多。按司马迁在《史记·屈原贾生列传》中的解释："离骚者，犹离忧也……屈平之作《离骚》，盖自怨生也。"离骚，在此就是遭受忧患的意思。我不能确定曾维浩用"离骚"做小说题目的具体用意，但我想这个中国化的语词除开其深厚悠久的历史蕴涵外，起码在曾维浩那里有着遭受忧患之情的意义。可能正是因为这一点，吴天成与王一花半个多世纪的情感故事，便被曾维浩以"离骚"命名。如小说"题记"所写："离便是骚，骚便是离；不离不骚，不骚不离"。忧而生情，情中有忧，忧情互融，难分彼此。

从情节内容层面看，曾维浩在《离骚》中写的是情感。小说以吴天成对王一花"虽九死其犹未悔"① 的倾心爱恋为主线，穿过 50 多年的历史尘烟，真实而形象地展示了人性的丰饶和温润。其中，主人公王一花在前所未有的历史变局里所遭遇到的坎坷苦痛及温暖的人生结局，也为我们验证了一种宽厚的人生哲学的存在价值与可能性。

依据小说的基本情节，王一花的人生经历可以分为几个阶段：

第一阶段：王一花 15 岁时，正值抗日战争的后期，哥哥在常德保卫战中牺牲，父亲也因病而亡，母亲自杀。成了孤儿的王一花只好在表姨家生活。不久抗战胜利，她被马团长看中并强娶为四姨太，但她并不快乐。之后认识了李一和，这个担负着策反马团长任务的中共地下党员，却因一张酷肖王一花而实为死去妻子的裸体画被马团长误解。为此李一和被马团长抓进监狱去了势，王一花也被卖到长沙的妓院。党组织

---

① 语出屈原《离骚》，原句为："亦余心之所善兮，虽九死其犹未悔"。意思是：只要合乎我心中美好的理想，纵然死掉九回我也不会懊丧。

分别救出了李一和与王一花。为躲避马团长，王一花跟随李一和来到他的家乡都梁。她要嫁给李一和，李说自己已是废人，不能娶她。恰好都梁的大地主龙玉看中王一花，李一和劝王一花嫁龙玉，龙玉为此资助了湘南特纵队枪支弹药。王一花成了龙玉的五姨太。

第二阶段：都梁解放了。李一和放走了龙玉，避免他成为革命群众的批斗对象。香椿园里大太太自杀、三姨太逃跑、四姨太云凡重回云雾寺做尼姑，王一花无处可去。王一花是作为地主婆挨批斗时，被台下的乞丐吴天成看上的。从这时开始，吴天成就疯狂地喜欢上了王一花。云凡也回到香椿园，与王一花一起每天活在惊悸中。虽然二人都被安排了工作，但为了能平安地生存，经过激烈痛苦的思想斗争后，云凡嫁给了吴天成的乞丐师傅老三，王一花则主动嫁给龙玉家原来的长工邓子彪。已被政府安排上学读书的吴天成，得知王一花嫁人后痛不欲生。王一花嫁了才知道，邓子彪因受自杀的大太太惊吓而没有了性能力。

第三阶段：国家文化扫盲迫切需要有知识的人，王一花因读过中学被幸运地选中。她到都梁师范学校短期培训后，就要去乡下小学做教师。王一花第一次感觉到自己也被解放了，自己不再是地主婆，而是一个社会需要的有用的人了。王一花为此欢呼雀跃。但她没有想到吴天成放弃去长沙读大学的机会，也追随她来参加培训。培训结束时，王一花在吴天成的留言本上写了一首嵌有"只等来世"的藏头诗，并夹了一根自己的头发在里面。王一花被分配到离都梁城120里远的青石区白塘村小学。吴天成去了另一所学校。他们彼此都不知道对方的工作地址。吴天成想念王一花，但没有人告诉他王一花在哪所学校，吴天成决定自己一个村一个村地寻找。

第四阶段：王一花在白塘村小学充分体会到了自己的价值。她喜欢这里淳朴厚道的人，甚至喜欢这里的牲畜。白塘村的书记李连根喜欢王一花的"乖态"（漂亮），青石区副区长张宝山也喜欢，两个人为此常有一些彼此猜忌的小插曲。张宝山因为不想划王一花为右派，又无法完成上级定的右派指标，就自己顶替王一花做了右派，因而被解去副区长职务，自愿下放到白塘村小学教书。王一花知道后，内心里充满了对张宝山的感激和歉疚。王一花发高烧说呓语，张宝山晚上就守在她的门外。为了报答，王一花引诱张宝山上了自己的床。在李连根的帮助下，王一花与邓子彪离了婚，嫁给张宝山。李连根为补偿邓子彪，把自己的女儿玉英嫁给了他。王一花与张宝山生了两男一女，分别叫一滴、一点、一芬。张宝山打猎时意外死亡，王一花成了寡妇。吴天成一直单身，通过一步步的调动，也来到了白塘村小学，住在王一花隔壁。由于一次畸形的爱意表达，被定性为反革命罪判了 9 年刑。王一花悬梁自尽，被李连根救下。

第五阶段：恢复高考时，一滴、一芬同届考上重点大学。那一年王一花 50 岁，调回都梁城工作。吴天成刑满释放，忙于落实平反的事。王一花主动去找吴天成，他却说等平反后再和王一花到一起。52 岁时，王一花在家里迎来了爱恋自己 33 年的吴天成，吴天成却因为兴奋过度中风。出院后失忆，不认识王一花了。几年后，王一花来到在广东工作的女儿一芬处，发现她和有妇之夫在一起。吴天成看了当年李一和画的裸体画后，恢复了记忆。这时，两人都近 70 岁了，在珠海办了婚礼。吴天成带着王一花买回了两件电动的成人矽胶制品。这天晚上，两人看着茶几上的矽胶用品运动，都觉得回到了 45 年前。吴天成对王一花说："你就是我的毒药！你把我毒死吧！"

从以上的小说内容复述中，可见主人公王一花的人生历程，基本体现在与不同男人的关系上。她的一生大体经历了被迫（与马团长、妓院）、无奈（与李一和的想嫁不能和与邓子彪的不嫁不行）、报恩（与张宝山）、寻求真爱（与吴天成）的情感过程。换言之，也可以说是王一花迷失自我、发现自我、寻回自我的过程。找到自我的真正爱恋所在，是曾维浩为王一花苍茫的人生路途点亮的一盏灯火，更是为读者传递出一种体现人性温润的希望和安慰。

与10年前《弑父》的否定性主题指向和繁复的处处象征隐喻的结构形式不同，2008年的《离骚》开始真切地肯定，开始坚实地踩在现实的地面上，开始细节化地描述真实可信的喜怒哀乐，开始以民族化的立场和形式表达对人类生存处境的持续一贯的关注。在我看来，《离骚》体现了曾维浩转变自己写作形式的有效努力与实绩，但他对人类生存境遇的思考并没有改变，他只是把自己的理性思索更加中国化和具体化了，以更好地抵达形象大于思想的写作境界。

是的，我们可以说《离骚》是一曲真爱的礼赞，我们也可以说《离骚》表现的是美好人性在幽暗历史戕害下的韧性品格，我们还可以说《离骚》写出了灵与肉的分离和爱与美的升华等等，种种研判皆因作品丰富的内涵，为我们提供了阐释的多种可能性。我以为，若不是从王一花而是从吴天成等男人的角度看，《离骚》讲述的恰恰是一个关于人生缺憾的残酷故事。在这个近40万字的讲述中，包括吴天成在内的男人们对王一花的倾心，都不是缘自"情"而是"欲"，甚至是赤裸裸的欲念。马团长的强娶、地主龙玉的喜欢、邓子彪的非礼、张宝山的甘愿下放，都是因为王一花的"乖态"（漂亮）。吴天成喜欢王一花也是起于欲念。

吴天成出场时的第一个想法就是："我就是想见那个骚货！"随着

情节的向前推进,吴天成和李大谋、老三等人议论王一花的时候,话题都止于她的"乖态"及"奶子"等身体部位。接着是看王一花洗澡时的身体。吴天成去师范学校培训时写给王一花只有一句话的信:"我就是喜欢你这个骚货!"吴天成寻找王一花所在学校的途中借宿山里农家,无意间窥到江湖郎中给不育农妇"治病",也想到王一花的身体。吴天成调入白塘村小学,把与王一花住处相隔的木板烧出洞来伸进自己的"阳物",因此成为反革命分子被判刑。吴天成在即将得到向往几十年的王一花身体时,因兴奋过度中风。最后,已近古稀的吴天成和王一花看着矽胶制品的运动,都觉得"一种飞翔的快感缓缓到来"。

诚然,在男女情感的具体表现上,情感(情)和情欲(欲)难以分清,或者说是互为表里。但在《离骚》中,吴天成对王一花的爱恋是先欲后情,还是欲中有情?在我看来,曾维浩写"欲"多于写"情",是基于他对人类生存境遇的个体化思考与判断:欲中含情,欲情并生。于是,小说中的男女不但要忍受欲念不能实现的肉体折磨,尤其还要经历由此产生的精神痛苦的煎熬。当彼此最为倾心的吴天成和王一花终于走到一起的时候,却只能借助"他物"在感觉里体会爱意的融合,这种有缺憾的"终成眷属",是《离骚》写得最温暖也是最残酷的地方。

《离骚》中的情感表现以男女之情为主体,也融汇着友情和亲情。友情是作品里最能显现人性美好的地方。与男女之情比较,友情几乎无懈可击。吴天成与老三、王一花与云凡、李一和与罗麻子、张宝山与李连根等,这些人物之间的友情表现,是《离骚》最为温暖的内容。而亲情显示的则是人生的缺憾与不足。如吴天成的父亲刚死,母亲就和学徒私奔;玉英和父亲李连根的芥蒂等。当然,就小说整体来看,除了对马团长的单向度描写之外，《离骚》中几乎没有一个伦理意义上的坏人，所有的人物都显示出或多或少的合乎情理的瑕疵，这体现了曾维浩相当不俗的文学功力。

总而言之，以我的理解，曾维浩的《离骚》虽然已不再是《陀儿与沙儿》《弑父》那种现代主义味道浓郁的写作形态，但在简劲圆熟的叙事语言、真实丰满的形象刻画里，贯穿的仍然是作者对人的生存境遇的持续关注和深切思考。因为表现的真切与特别，我们就能在其中感受到"现在怎么样"和"应该怎么样"的映照、指引。我想，这是曾维浩小说的荣耀，也是我们作为读者的幸事。

新都市时代精神出路的探寻

——1995 年以来王海玲小说创作素描

1980 年 7 月，江西省的文学杂志《星火》发表了短篇小说《筷子巷琐事》，这是王海玲的处女作。紧接着，王海玲又发表了《海蓝色的连衫裙》《寒妮》等短篇小说，并出版小说集《情有独钟》，成为文坛小有名气的女作家①。1985 年王海玲从江西调到珠海特区工作后，创作上却沉寂下来，直到 1995 年才再度执笔，开始冲刺新的文学创作高度。从 1995 年的《东扑西扑》到 2009 年的长篇小说《命运的面孔》（花城出版社 2009 年 3 月），王海玲连续发表中、短篇小说 20 多篇，出版长篇小说 4 部。这些作品以中国改革开放以后的特区生活为背景，展示了现代都市人在新的生活理念和生活方式中，拼搏、进取、困惑、迷惘、顽强进而探索、寻找精神定位的心路历程。从这个角度看，王海玲成为特区人生活发展轨迹的见证者和描述人，并以独具特点的人物刻画和技巧形式，使其作品呈现出别样的风貌。

一　新都市时代：王海玲小说的创作背景

几千年来，中国社会是以农业文明为核心的自然经济为主，社会的

---

① 《海蓝色的连衫裙》载《星火》1980 年第 12 期，《寒妮》载《广州文艺》1981 年第 7 期。两篇小说分别在南昌和广州获奖，为王海玲带来不小的文学声誉。早期的小说结集为《情有独钟》，花城出版社，1989。

主导思想意识是农民化的，儒家思想基本上是一种农业社会思想。鸦片战争以后至 19 世纪末 20 世纪初，上海、广州等地的城区迅速扩展，城市经济文化发展迅速，市民社会逐渐形成，现代都市形态得以基本确立。但相对于中国广袤的乡村文化土壤，上海、广州等寥寥几座现代城市及其所持据的都市现代生活方式与生存理念，就显得鹤立鸡群和孤掌难鸣，还不能产生应有的影响力。即使当时的北京，也还是农业文明主导的城市。虽然中国新文学的作家们大多生活在城市里，但是到五四运动及以后，相当多的中国现代文学作品依然是针对传统的乡村生活发声。如鲁迅所着力批判的就是中国农村的愚昧和落后，祥林嫂、阿 Q、闰土等都是农业文化背景下的人物典型。在鲁迅的带动与影响下，中国现代文学史上出现了以沈丛文、废名、王鲁彦、许杰等为代表的乡土文学流派，他们以启蒙的立场批判中国传统乡土社会的野蛮、迷信、蒙昧，同时也展现了中国乡村社会的纯朴、宁静、温情，他们的作品深刻地反映了传统中国乡村社会的崩溃以及现代化对他们的双重影响，在 20 世纪的中国文学史上留下了光彩夺目的一页。

但随着中国社会的现代化，城市在社会生活中所起的作用越来越重要，社会的主导思想意识，也逐渐地转化到都市精神上来。中国现代文学史上"京派"与"海派"之所以有论争，一定程度上体现的就是都市文化的逐渐壮大，和由此形成的与乡村文化的对立。及至 20 世纪末，中国作家基本上都生活在都市中，他们即使出生于乡村，也都是在城市完成了大学学业，进而在城市中获得了工作与生活的位置，成为都市人。所以从 21 世纪以来，乡村生活在文学创作中的分量正在逐渐地减轻。文学对乡土生活的关注和对农民生活的反映，不仅在量上减少，在质上也在减弱，因为真正身体力行地体验着农村和农民生活的作家正在逐渐地稀缺。相比较而言，表现五光十色的都市生活，展示复杂多元的现代都市人的精神和心理，反映中国社会城市化进程中各种各样的社会状况与复杂精神世界的文学作品却越来越多，越来越丰富①。

进入20世纪90年代以后，改革开放已进行了十几年，市场经济的主导地位已完全确立，中国社会的城市化步伐愈来愈快速。从现实层面看，领改革风气之先的深圳、珠海等经济特区，其都市生活的性质与内地农村乃至内地很多城市的生活理念和生活方式相比，已然逐渐发生了质的变化，如深圳2011年就公开宣布没有农民②。文学上，这种质变也首先在深圳的文学创作中体现出来。

1994年，《深圳文学》针对已经发生的文学创作实绩，提出了"新都市文学"的口号。同时，深圳、珠海等地也连续召开创作会、理论研讨会，王蒙、余秋雨等著名作家、理论家都以谈话或著文等形式，对这一现象发表了正面的看法。此刻，与20世纪30年代的"新感觉派"有一定相似之处的当代都市文学，已经和正在成为一种蔚为壮观的文学创作事实。在当时，这一批都市文学作者大多是由内地来到深圳、珠海等经济特区的移居者，特区城市迅捷矗立起的高楼大厦以及霓虹灯、小轿车、歌舞厅，快节奏的生活方式、金钱至上的消费主义、感情生活的快餐化等等，这些与以往所经历的生活如此不同的现实图景，悄然地刺

① 此处参考并间接引用了上海大学葛红兵教授的一些看法，具体见"葛红兵搜狐博客"：《中国现代文学精神》中"三、以休闲、感觉、性爱为内核的都市文学精神"一节。http://gehongbing.blog.sohu.com/22732931.html。21世纪以来，关于都市文化与乡土文化的关系等问题，很多学者多有著述论及。

② 2011年10月20日至28日，广东省第二届农运会在江门举行。深圳市农林渔业局拒绝组团参加，原因是"自2004年'村改居'完成后，深圳已经没有农民"。由此引发《南方都市报》等全国多家媒体热议。

激和吸引着这些移居的写作者。当他们敏感地拿起笔来记录下这一切的时候，精神上的新奇与困惑自然也表现在作品中，同时也对都市生活在生存品质、道德操守、精神心态等方面带给人们的巨大冲击充满疑虑。作为这些移居写作者中的一员，王海玲20世纪90年代的小说自然也体现出上述特点。或者说，王海玲同其他的特区文学作者一样，也是中国在20世纪末期快速从农业社会向工业社会转型的时代背景下，于巨大变化的都市生活的亲历中，重新开始了她的小说创作。

二 新都市时代的形象书写

当传统的农业中国在20世纪90年代处于前所未有的转型期的时候，就出现了一个怎样看待现代都市生活的问题。现代都市的出现，的确打破了既往的生活秩序和伦理观念，代之以新的生存理念和生活方式。但是否都市从此就都是金钱至上、物欲横流、尔虞我诈、精神荒漠化了呢？对于作家而言，不但存在怎么看的问题，还有一个怎样写的难关。如果仍然用旧的农业社会观念为尺度写现代都市生活的话，那就只能是"扛着铁锨进城"，以"铁锨心态"和"城市牛哞"①来无力地对抗现代都市奔涌向前的生活态势，进行"无根"的写作。王海玲正与此相反。在我看来，王海玲小说的价值首先就体现于以真正的都市视角，用敏锐的感受力来展示现代都市的生活。或者说，王海玲是站在认

---

① 《扛着铁锨进城》《城市牛哞》是新疆散文家刘亮程的代表性作品，收于《一个人的村庄》，新疆人民出版社，1998年初版。作品以独特的立意和精彩的语言形式，表现了"我"对"城市"的心态，具有社会转型期阶段的情感典型性。

同现代都市生活的立场上，以小说的形式来为新都市时代作形象留影。

　　事实上，王海玲的小说创作真正引起文坛注目是在 1995 年。这一年的《特区文学》发表了王海玲的《东扑西扑》（1995 年第 5 期），其后又有《在特区掘第一桶金》（《广州文艺》1995 年第 10 ~ 11 期）、"王海玲作品小辑"（《特区文学》1996 年第 5 期。包括《激情不再》《寻找一个叫藕的女孩》《遭遇恒》《伤心美容院之歌》等）、《热屋顶上的猫》（《花城》1996 年第 6 期）、《亦真亦幻》（《钟山》1997 年第 1 期）、《麦穗随风起舞》（《北京文学》1997 年第 8 期）、《四季不断的柔风》（《当代》1997 年第 5 期）、《好你个卷发的老洪》（《大家》1998 年第 1 期）、《踽踽》（《山花》1998 年第 1 期）等，这些中短篇作品形成了王海玲 20 世纪 90 年代的特区小说系列。由于王海玲秉持的是特区人的视角，就使得她在这些作品中表现出身与心两面俱在的都市生活的真实图景，这也和其他描写特区现代都市生活的小说有了明显不同。

　　王海玲曾在一篇创作自述里说过，她的小说对读者而言，就是一面启开的小小的窗子，人们透过这个窗口，可以看到飘扬的风，可以看到行进中的生活和生活中的情感体验与人生感悟[①]。而在具体作品中，王海玲的确"打开了一扇认识特区的窗子，读者从窗中看到了特区绚丽诱人的风景，看到了一个个生动真实的特区人的生存、奋斗和自省"以及特区的风景和风情[②]。通过这扇启开的"窗子"，我们会发现王海玲对特区都市生活的正面表现，首先体现在对只身闯特区的知识女性命

---

①　见《你可以透过这个窗子看到飘扬的风》，《特区文学》1996 年第 5 期。

②　见萧雨《看得见风景的窗子——王海玲小说艺术浅探》，《文艺报》1997 年 10 月 21 日，第 4 版。

运的关切上，揭示了渴望致富怎样支配特区人的生活愿望和人生选择，以及各自为此付出的惨重代价。

在《东扑西扑》中，纪小姐、刘小姐、欧小姐为掘得人生的第一桶金而东扑西扑，却没有扑来人生的富有与充实，只落得身心俱疲和累累伤痕。中篇《热屋顶上的猫》里的主人公丽莎，为了报复失贞的母亲和与母亲通奸的大学同学恋人白雨桐，带着心灵创伤来到珠海特区，在找到工作的第一天就把自己的"初夜"给了老板潘起明，从此拥有了一份令人艳羡的财产。作品这样写丽莎到特区后的内心欲望：

> 丽莎冲完了凉，躺在小床上却感到全身更热了，有一股暗暗燃烧的火在这间幽静且海风来来回回鼓荡的小屋燃烧，丽莎不动声息地躺在这张小小窄窄的床上，感到那神秘的火焰在她的全身及脑海燃烧，在这燃烧下，年轻的丽莎在黑暗中双眼如猫一样发出幽幽的光芒……

于是，在这种欲望支配下，丽莎很快就与潘起明达成了"交易"。《在特区掘第一桶金》中的蓝黛以与丽莎相同的方式获得了"南下"的"成功"，只不过她的行动比丽莎更为主动和冷静。这个美丽、聪敏、不甘平庸的女研究生是在摔掉"铁饭碗"后来到特区淘金的。为了使自己更像一个白领，第一次买衣服就几乎花去了所有的积蓄，这使蓝黛更深切地体会到财富的意义。所以她决心"搏出自己的公司，搏出一套自己的房，搏出一辆自己的车……要让一面面大镜子永远映出我的自信，我的光彩和我的优雅"。为此她看准了有几千万资产的老板麦开宏，以初夜的代价换取了一种产品的代理销售权，然后凭借自己的能力和才华一步步接近致富的目标。还有《伤心美容院之歌》中的思瑜，开始时在美容院做美容小姐，但她并不满意不高的收入，她更想开一间自己的美容院。当这种欲望"在幽静的夜晚悄没声儿地焚烧着思瑜"时，她认识了乐会朋。思瑜一点也不喜欢这个"走路肥硕的肚皮仿佛稠油一般起伏"的男人，但乐会朋愿意出50万元给思瑜开美容院，于是很快达成了金钱与肉体的交换。

当然，在王海玲的笔下也有其他的知识女性形象，如《热屋顶上的猫》中的燕子和小雨，《东扑西扑》中的纪小姐、刘小姐，《激情不再》中的雪等人物。燕子也是来自内地的名牌大学毕业生，因为始于金钱的爱情，在生下女儿后被来历不明的港商冯小峰抛弃。为了生存和女儿的未来，她做了暗娼，受到肉体与精神的双重磨难。小雨是由于第三者身份被发现才来到特区的，在一家广告公司做白领职员；情人张鸿建本是内地一份报纸的副刊部主任，也是个诗人，在历尽艰辛离婚成功后来到特区，期望与小雨共建爱巢。但到特区一个月后，张鸿建却因为找不到满意的工作而产生难以忍受的失落感，最后还是离小雨而去。

在此，王海玲形象地写出了知识女性在特区的现代都市生活里，所遭遇的生存之痛和精神迷失。其中，王海玲更多地表达了对特区知识女性生存状态的焦虑，而不是着眼于谴责和批判。这种生存焦虑的产生不是社会政治或男性权利的压迫使然，而是来自金钱和财富的诱惑，以及在面对诱惑时怎样自处。作品中，蓝黛、丽莎等人都是自愿地以年轻美貌的身体作为筹码，来直接换取物质成功的。当她们即将"堕落"时，几乎都有过内心的矛盾和精神的失落，但巨大的物质欲望却强烈地排斥掉了羞耻心和道德感，所以丽莎才会因为潘起明离开歌舞厅时没有给她留电话感到失望。随后虽然有过短暂的内心挣扎，但"当白色的保时捷房车再次启动时，丽莎感觉自己心中那两只刚刚还拼命挣扎的小兽一只已迅速强壮，一只已碾死在滚动的车轮下。她不明白她怎么下得了这个决心，她抬腿的时候，动作的迅速和连贯连她自己都暗暗吃惊"。此时，燕子想的却是"现在我寻不回自己了，我不知道我自己这样活着到底有什么意义"。燕子的精神困惑与迷失，也是刚刚"成功"的丽莎们在不久的将来同样要面对的。

除了蓝黛、丽莎等渴望财富和成功的知识女性外，王海玲还在作品中塑造了财富拥有者的形象。欧小姐和巩老板（《东扑西扑》）、闹钟（《寻找一个叫藕的女孩》）、唐岁由和大奔（《亦真亦幻》）、侯七（《四季不断的柔风》）等，这些已然"成功"的人物，仍旧过着焦灼不堪、迷茫空虚的日子。欧小姐已经有了 7 位数的财富，仍感到沉重的空寂，她甚至鄙视自己的生活状态；巩老板被骗 600 万元，生命就彻底垮了下来。侯七在 15 层的大楼被拍卖后，竟茫茫然地跟着街上的一个胖女人走过去，而忘了开自己的奔驰车。甚至连冯阿婆随着唐岁由的有钱和没钱，面貌与行动也仿若两人。在现代都市中，财富对人的肉体与精神的强有力的主宰和制约，由此可见一斑。

问题在于，王海玲"呈现"笔下各类人物的所思所行时，并没有写出很多基于传统伦理观念的批判性内容，相反却表现出了更多的宽容与理解。甚而至于对人物的人生选择和行动，都于不自觉中流露出些许欣赏的态度。即使在物质细节的描写上，也呈现为"炫耀"式的点染，如酒店装饰、咖啡厅美食（不同的西餐名称）、服装品牌、汽车品牌（"奔驰""宝马房车""本田思域"等在不同的小说出现）等。与国人不再惊讶于豪车富人们开始比飞机的当下现实相比，十几年前相当多的国人可是连一罐"可口可乐"也觉得是奢侈品。所以，王海玲小说的别样魅力也在这里显示出来，在 20 世纪 90 年代引起众多争议乃至非议，也就在所难免。生活的现实发展证明，王海玲小说里的"宽容"恰恰表现出在当时特区的都市生活中，正在萌生的某些新的历史元素[①]。也正是从这一点看，王海玲小说是以艺术的形式，为后来的国人生活作出了某种程度上的预言。

三　探寻新都市时代人的精神出路

以我的理解，王海玲小说在特区人的立场上"呈现"特定生存景象的同时，也写出了对特区生活深入的"思索"。换言之，王海玲在表现笔下人物精神迷失和困惑时，也在探寻他们的精神出路。如果说小雨在《热屋顶上的猫》里，因张鸿建的离开而茫然不知所措是"迷失"的话，雪则于《激情不再》中决然而欣喜地从 Z 身边走了出来，《踽踽》中的蕸也不再痛苦于朗的叛离，开始了自己的新生活。当燕子悲叹找不回自己的时候，《东扑西扑》里的刘小姐已做了商店的营业员，尝试过一种不再寄生的新生活。赵雅莉在《所有子弹都有归宿》（《钟山》2002 年第 3 期）中因闺蜜李姿虹的虚伪冷酷而困惑茫然，在《"四张"女人》（《特区文学》2003 年第 1 期）里则找到了自己的归宿。苏珊娜在《香气浓郁的花园》（《花城》2002 年第 6 期）里因"迷失"而沦为杀人犯被判死刑，李思毓对何晖 18 年的爱恋也迷失在《宿命色彩》（《小说界》2003 年第 1 期）中，桑娅则在几经辗转后回到婚姻的家（《关于桑娅》，《花城》2000 年第 5 期）。

---

① 类似的观点见黄雁珠、黄景忠《简评王海玲的特区系列小说创作》，《韩山师范学院学报》1999 年第 1 期，第 98～102 页。

甚至我感觉，王海玲对笔下人物"堕落"的"宽容"态度，也是对来特区淘金的知识女性精神出路的一种探寻。《在特区掘第一桶金》里，蓝黛与麦开宏的两性交易冷静、理智、坦率。麦开宏很清楚蓝黛并不喜欢他，之所以委身于他是希望借助他的财力开创事业。蓝黛也坦白地告诉麦开宏，自己只是想从他那里"得到一个发展的机会"。对于这两个人来说，彼此都知道没有脉脉温情，只有交换。也正是这种清醒和理智，才使蓝黛在失去贞操时没有觉得多么痛苦，更没有在情感上折磨自己。她以为自己会为此彻夜失眠，"但是很奇怪，并没有想象般的那样失眠"。对于特区生活的深切感悟已使蓝黛变得非常务实和开放，她知道要成功，就必须放弃一些东西。这种在传统道德观念中属于"不知廉耻"的不要脸行为，在王海玲的作品中，也是不动声色地以冷静的笔触表达出来，类似于所谓的"零度叙事"。也如在《亦真亦幻》中，王海玲对唐岁由和大奔工于计算、敢于决断的生意场上的行为举止，显在地表现为赞赏和肯定。

实际上，王海玲在一定程度上对都市人的物质欲望的宽容和理解，也是对现实生活中物欲合理性的一种肯定，但这只是一个方面。另一方面，由于过度物质化的生存现状而导致的精神迷失，也是王海玲小说关注的重要内容①。因过度的物欲而迷失，因迷失所以要探寻精神出路，成为王海玲1995年以来小说创作的基本主题指向。

纵向地看，自《东扑西扑》以来王海玲写只身闯特区的知识女性的系列作品，与其说在人物形象、人物关系、故事情节等方面多有类似

---

① 类似的观点见黄雁珠、黄景忠《简评王海玲的特区系列小说创作》，《韩山师范学院学报》1999年第1期，第98～102页。

的话，不如说是在人物形象和主题意蕴语言上进一步延伸并互为补充，从而构成一种整体上的文学表达。所以，丽莎在甘愿为物欲做了潘起明的协议伴侣后，接下来就会成为护士苏珊娜和医生冯晓枫（《命运的面孔》，花城出版社，2009年3月）；大奔在具备了一定的经济资本后，可能就是后来的谭小谈，而唐岁由则也许会变作路得明（《B省人谭小谈》，《作品》2000年第3期）。可以说，王海玲的绝大多数作品，整体上构成了特区人在一个特定层面上的奋斗史和精神史。其中，雪、蔺、李思毓、赵雅莉、桑娅、谭小谈等人物从迷失到寻找的精神路径，就已经昭示了新都市时代人们的精神出路。

值得注意的是，王海玲还有几篇不属于上述新都市小说的作品，体现出她更深广的文学探索。在中篇《好你个卷发的老洪》里，50多岁的洪复济在局里无任何官职，只有一个副高职称，和乐于帮助女同事向领导反映情况的热心肠。有着一头卷发的帅气老洪，当年因为看不上局长女儿小雪的长相，而被人事处长"发配"到后勤工作10年。一同参加工作的同学最低也做了科长，杨昌盛因为娶了小雪甚至当上了局长。老洪由于体检查出肿瘤，杨局长等领导在手术前看望老洪，承诺他入党和调换大一些的住房。老洪因肿瘤为良性，术后很快出院。但同学杨局长只让老洪入党，却不想给他解决住房问题。老洪就到局长办公室磨，直到局长答应换房。在王海玲的小说里，这是一个奇怪的作品。主要人物老洪，在婚恋上追求漂亮，所以最后娶了欧阳珍；有虚荣心，喜欢女同事们的恭维；有软磨硬泡的无赖劲头，所以能让局长答应换房。小说情节较平淡，没有大起大落，有新写实的味道，似乎意在写一种人生性格。

相比之下，我更愿意细读《麦穗随风起舞》和《邂逅酒吧》（《清明》2003 年第 3 期）。前一个短篇写的是已过 40 岁的宫旗在洗澡时产生幻觉——乳房上总出现两个黑黑的手指印。她还常常不由自主地摆出这样的睡姿："脸朝下俯卧着，左手压在身体的下面，右手张开放在身体的一侧。"幻觉中的手指印和这个睡姿，常常让宫旗处于不断的惊悸和恐惧中。原因在于宫旗 21 岁时在北大荒当知青，在独自驾驶拖拉机犁地时被醉酒的蓝育鸿强奸，宫旗愤怒之下开拖拉机轧死蓝育鸿，然后把他埋在土沟里。当听到蓝的恋人高裳如悲伤地说自己已经怀孕的时候，宫旗产生了深深的自责，觉得自己杀死了一个父亲。自此，蓝育鸿强奸她时留在身上的黑指印和蓝死后被推到土沟里趴卧的姿势，就成为宫旗挥之不去的梦魇。巨大的心理负担与罪恶感，即使在宫旗有了自己的孩子后，也依然无法卸载。小说在交错闪回的叙事里，凸显出宫旗恨自己也恨蓝育鸿的复杂心态，显示出王海玲小说艺术的精进。

在中篇《邂逅酒吧》里，年过 60 的"我"在酒吧里遇见一个 19 岁的小伙子，"我"无所事事地泡吧，小伙子也是心事重重。"我"就在征得小伙子同意后，坐到同一张桌子上请对方喝酒，让他听"我"叙说自己过去的情史。给"我"性启蒙的是村里大自己 6 岁的喜凤，中专毕业工作后"邂逅"了省"文革"小组的女副组长，后来在 40 岁成就文名时"邂逅"了生活在南方的"我的姑娘"，她虽然是"我"的最爱，但为了声誉不受影响，交往几年后我就悄无声息地离开了她。多年后，"我"的妻子儿女死于车祸，"我"成了孤家寡人。于是，"我"就到南方找当年那个姑娘，听说她有了孩子，可能就是"我"的孩子。但"我"至今也没有找到。小说的最后，"我"没有想到小伙子就是自己和"我的姑娘"的孩子。"我"老泪纵横，但儿子已飞奔而去。他要和"我"划清界限。我以为，从小说技术上说，《邂逅酒吧》

是王海玲写得最漂亮的作品。全篇采用第一人称叙事，情感与细节绵密，语言老道成熟，形象地写出了人生应有的责任和缺少担当而产生的精神与心理的多重惩罚。

王海玲说："在小说的道路上，我始终是不知疲倦的探索者，和自己相比，我呈现的是一种进步的姿态。譬如今年一月份《小说月报·中篇小说增刊》刊登我的那个中篇《无法闪避》，就是我探索之结果，所谓探索包括结构方式和人物所蕴涵的新意。"① 作者自己看好的这个《无法闪避》，写的是一个叫柳敏江的滨海特区报社记者被情人的表弟杀害的故事。被杀的原因，是柳敏江厌倦了表外甥女韩晓佳的爱情，让韩回老家黑河寻找新生活。帅气、有才气的柳敏江是因为患了所谓"爱情厌倦症"，也就是和心仪的女性上了床之后，感情就退潮，爱恋也无法再继续下去。所以，年届 40 的他之前离了两次婚，还使爱他的张利娜因他的先热后冷而跳楼自杀。这一次，韩晓佳也因为柳敏江对她由热爱到不爱，而写信让远在东北老家的表弟阿昌来滨海教训一下柳敏江。没有想到阿昌会错了表姐的意思，杀死了柳敏江。韩晓佳为此悲痛欲绝，精神几近崩溃。

这本是一个并不新奇的情感纠葛故事，在现代都市生活里并不鲜见。王海玲把柳敏江、韩晓佳、阿昌这三个人物的前因后果、来龙去脉以及三人之间错综的人物关系，置放在不到 36 小时的叙事时空里讲述，构成一种紧张而独特的叙事效果。全篇共 19 节，从 1 月 12 日柳敏江上班写起，到 1 月 13 日 18 时 30 分他被阿昌割喉身亡止。王海玲以柳敏江被杀的时间为终点，然后从开篇就强调柳敏江和死亡的距离越来

---

① 见《师法生活师法自然》，《作品》2008 年第 2 期"卷首语"，第 1 页。

近。"1月13日""十七个半小时之后""凌晨一点""凌晨三点""上午十点钟""近两点""下午三时许""五点左右"等时间标志，与滨海、黑河、小区里的柳和韩、火车上的阿昌等空间位置交错在一起。两种叙事行动各自从原点出发，在1月13日18时30分汇合到一处，形成人物的共同死亡结果——柳敏江死、阿昌死，以及韩晓佳情感的死亡。在此，叙事形式上的快节奏和死亡为终点的叙事内容，让读者也有意无意间体会到了生与死的过程。与以往的小说相比，王海玲在《无法闪避》中所做的文体结构探索，不能不说是富有新意。即使"无法闪避"这个标题，也表现出动作感和速度感。

然而，"人物所蕴涵的新意"在哪里呢？韩晓佳单纯的性情和对柳敏江炽热的爱，促使她产生"教训"柳敏江的想法并付之于行动；阿昌对大姐姐（韩晓佳）不能自持的暗恋，让他对柳敏江痛恨且下手狠毒，这些都是合乎情理的。如果说有"新意"的话，可能就是王海玲为柳敏江"始爱终倦"所敷设的理由。这个在一般人看来就是"喜新厌旧""始乱终弃"的理由，王海玲在小说里解释为"爱情厌倦症"。

这仿佛是柳敏江躲避不了的宿命，他对生命中的女人在开始阶段都是倾注了真情的，在每一段感情的开头，他都是真挚的，都是伴随着深深爱意的，可是不管是他多么倾注了深情的女人，只要他得到了，他染指了，随着时间的推移，他的热情和爱意就会与日俱减……

然而相对精神上的生厌、疲惫，柳敏江的身体对异性的需要又和他的精神完全相悖，他对女性的渴求永远处于一种类似亢奋的状态，这就好比弹簧，拉紧代表他的亢奋，放松则代表他的疲惫，他的身体与精神永远展示着弹簧的两极。柳敏江对女性的感情如果用线条来表示的话，就是一根简单的抛物线，用一根筷子沾着水就能在餐桌上随意画出，总是很快地由低到高，又很快地由高到低。以致到后来，他在开始每一段感情的时候，无论当初是如何海誓山盟，他都预见了注定的分道扬镳，这种感觉真是有点怪异，明明此刻倾心相许，两情相悦，但结局的不可避免，就犹如一只匍匐在远处、耐心等待、等待吞噬的怪兽！柳敏江是试图逃脱的，试图逃脱这种网似地罩住他的宿命。

如同为思瑜、蓝黛、丽莎、苏珊娜等人的"堕落"寻找可以理解的客观原因一样，王海玲也在为柳敏江始乱终弃地"玩弄女性"设置宽容待之的理由。以我的理解，这应该是"人物所蕴涵的新意"所在。从这一点看，王海玲在"冒天下之大不韪"。在我的阅读范围里，还没有见过有小说写出这样的"新意"。客观地说，也许现实世界中的确存在着柳敏江"始爱终倦"的病理性原因等，但是由于王海玲在小说里没有表现出必要的和能让人信服的行动逻辑，读者对作品不认同或拒绝接受就是必然的了。

然而，我们也应该宽容地理解王海玲。她这样写人物的行为及其原因，并不等于她赞同人物的所作所为。我以为，王海玲是基于人生实相，用小说的方式探寻生活既有的诸多可能性，以及这些可能性的边界。只不过，这一次在《无法闪避》中，她把探寻的触角伸到了小说的外边，来碰触我们作为读者能够接受的生活极限。从主题指向上说，这是王海玲自《东扑西扑》开始，探寻新都市时代人的精神出路的一种延伸。所以，这种毫不媚世悦众的艺术劳作，也应该是王海玲小说的主要价值之一。

新市民诗人应该怎样写作（上）

——卢卫平诗歌创作纵论

卢卫平一度被称作"打工诗人",甚至被界定为"打工诗歌"的代表性诗人之一,我想这样的评价似乎不会让卢卫平认同乃至兴奋。最根本的原因在于,从"打工"的最初含义来看,卢卫平的"打工"与郑小琼、谢湘南等人的"打工"不同,无论是劳动强度、薪酬待遇还是职业出身和内心感受,二者都属于不同的层次。卢卫平1985年大学毕业后分配到中学做语文教师;1992年来到珠海特区,先后在三家大型民营企业从事宣传策划、企业管理工作,是企业的高层管理者,如巨人集团的宣传部长;1995年调入珠海市文联任公务员(现为珠海市作家协会主席)至今。辑列如此,旨在说明仅就履历而言,卢卫平也不是通常意义上的"打工者"。当然,如果从"受制于人"来说,13亿多的中国人又有多少不是打工?卢卫平不是"打工诗人",是我读解卢氏诗歌创作的逻辑起点。

　　在我看来,对卢卫平诗歌创作的基本特征应该做如下描述:

　　(1)无处不在的抒情者"我",属于在中国社会由田园经济向市场经济转型阶段的城市新市民。他与乡村文化母体或农业文明价值观保有甚至刻意保持着紧密的联系,这决定了"我"审视与评判城市所有的世事人情应秉持的伦理原则。作为与城市化进程同行的市民一员,在理解和认同城市发展前景和趋势的同时,也充满着警惕、质疑、批判和否定。也就是说，"我"作为千百万城市新市民的一份子，在融入进而与城市生活融合的过程中，一方面故乡经验和农业文明价值观念提供给"我"基本的写作立场和判断原则，另一方面"我"又不是完全采取城市和乡村二元对立的写作态度，"我"在理解城市发展的同时也坚持清醒的"问题"意识，故此才有了不少论者谈到的"存在"哲思、家园回忆和土地情感①。立于乡土也融于城市的创作立场和姿态，决定了卢卫平诗歌成为当下中国城市新市民阶层的代表性诗人地位，也是卢氏诗作拥有大批城乡读者的文化基础。

（2）整体上看，卢卫平的诗歌起码在形式传达和审美风格上，并没有超出汉语诗歌传统的抒情写意范畴。但卢卫平的诗歌质地纯净，感觉细腻精微，语词、句式表意准确及物，结构精致典雅，风格流畅唯美，表现出相当不俗的创作水准和品位，为同类型诗人所不及。自1985年开始，接近30年的诗歌创作实践，使卢卫平的诗歌技艺日臻成熟和完美，也让卢氏诗作成为新市民诗歌创作的翘楚。

鉴于此，我依据上述内容与形式两个方面，对卢卫平的诗歌创作进行尝试性的基本解读。"尝试性"的含义，是指此前诸多卢氏诗歌评论者没有谈到或较少涉及的观点和感受，以窥探卢卫平诗歌的思想和艺术实质。

---

① 　如肖晓英、向卫国《向最卑微的事物俯首致敬——论卢卫平的诗》，《名作欣赏》2008年第2期，第74~77页；方守金、肖红《植根于大地的诗情与哲理——浅析卢卫平诗歌的魅力》，《钦州师范高等专科学校学报》2005年第3期，第16~19页。

一 "傲慢"，或者"骄傲"？

卢卫平曾在一篇题为《在明处活着，在暗处写诗》的创作谈里写道：

在明处活着，就是明明白白地活着，就是心里充满阳光地活着，就是面带微笑地活着，就是像一个普通人一样活着，就是像一个正常人一样活着。

该上班了，你就努力工作，让领导欣赏你，让同事喜欢你，让异性爱慕你。该下班了，你就放松自己，让自然亲近你，让快乐围绕你，让美梦伴着你。有了忧愁、苦闷、焦虑、痛苦、不幸，你要明白，这是所有的人都无法避免的，这是一个人活着的一部分。……

一个诗人，在写诗的时候是一个诗人，而不写诗的时候，他就是一个人，一个普普通通的人。他就应该像其他的人一样在明处活着，就应该通过自己的努力活得滋润一些。在城市混着，得有其屋。在乡下呆着，得有其田。在生活中像诗一样活着，这是很多诗人的梦想。但在现实生活中，我看到的常常是梦想没有实现，而生活弄得昏天黑地。……

诗人站在暗处。

诗人有一双明亮的眼睛。站在暗处的诗人比站在明处的人，更能看清明处的事物，特别是容易被人视而不见的细节，特别是被光芒遮蔽的真相和本质。诗人站在暗处，诗人内心的灯盏会使暗处变得明亮。从这个维度看，诗人站在暗处，与其说是时代的潮流使然，还不如说是诗人的无法逃脱的命运和自觉的一种选择。……

我在明处工作，这种明处的工作很明显地改善了我的生活，使我按俗世的规则在明处体面地活着。我在暗处偷偷摸摸地写诗，这些诗让我时刻保持着内心的尊严和高贵。

诗人，就是在暗处点灯的人。

诗人在暗处，就是为了世界一片光明①。

以上所引可以说是卢卫平诗歌创作姿态的自我说明。"在明处活着"，意味着现实生存质量是一个诗人创作的物质基石。"为了像人一样死去/我们像鬼一样活着"（卢卫平《穷人》），生活沉重得让人几乎窒息，但所有的人都得面对并且还要成功，普通人和诗人在这一点上没有区别。但诗人还要写诗，而且是要在"暗处"写，在暗处写诗不是为了自娱，而是因能看清楚被遮蔽的真相和本质以便给世界"一片光明"，于是诗人就比普通人多了一份责任。明处的工作能改善诗人的物质生活，暗处写诗则使诗人不流于世俗，从而具有内心的尊严和高贵。卢卫平在此表述的创作姿态，按理说应该是所有作家、诗人都应该持有的姿态，但在当下的文学现实中并不尽然。创作姿态的自觉和清醒，让卢卫平的诗歌具备了基本的可贵之处。

事实上，一个真正的诗人，其创作中无不包含着人生启蒙的自觉努力，使读者关注没有关注的，感受不曾感受的，思考未经思考的。诗人的内在世界和伦理担当，也让他在生活里表现出不经意的别样气质。在

---

① 见《诗刊》2007年3月下半月刊，第75~76页。

我从北到南 20 多年的生活与工作经历中，认识了很多年龄不一、名气不同、气质各异的诗人，卢卫平给我的印象尤其深刻。在我的感觉里，卢卫平是一个很有智力优越感的诗人。第一次与他接触，是在 2006 年北师大珠海分校国际华文文学发展研究所成立时，卢卫平作为珠海作协的代表之一参加期间举办的洛夫诗歌朗诵会，给我的感觉是十足的精明，动作敏捷，外在年龄严重小于实际年龄。又一次，是他陪同张清华、谢有顺等来我所在学院进行的一个"诗歌进校园"活动，待学者们讲完话后，卢卫平发言，语音略带沙哑但中气十足，并说一个著名广告的广告词就是他写的。在当时这让我很吃一惊，因为我一直认为只有"五毒俱全"的文学家才会写出成就。再一次的深刻感受，是在《珠海经济特区三十年文学作品选》发行仪式上，卢卫平隐忍而又锋芒外露的主持。那个下午，会场上坐了很多各类各级的珠海文化人，但卢卫平令我印象清晰。后来当我也为"明处活着"的原因，申请了一个关于珠海特区文学的社科项目，进而阅读珠海作家作品时，卢卫平的为人和为诗也糅合成一个整体，形象渐次明晰起来。卢卫平"明处"的形象是傲慢的、精明的、见多识广的、阅历丰富的，是一个很有"主意"或者说很有想法的人，是在思维或情感深处俯视世事人情的人，这就可以表现出他诗思的敏锐迅捷、独到深刻，于细节和细微处发现深意。反之，其诗作牵涉的广泛的生活领域和感觉范围，也印证着卢卫平"傲慢"的审视和丰富的感觉世界。

的确，卢卫平的诗歌里有"傲慢"，或者更准确地说是"骄傲"，可以等同于他自述中提到的"尊严和高贵"，但少有"愤怒""控诉"，也没有"轻蔑"和"仇恨"。这样说，是基于卢卫平诗歌创作的实际。以他写乞丐的三首诗为例：

一个乞丐对一座城市

就是让奔跑的汽车轻轻抽搐一下

我坐在车上　感觉到这种抽搐

车上的其他人是否也感觉到

我因为一个乞丐中途下车

其他人也因为一个乞丐中途下车

但他们很快就坐上了另一辆车

他们逃避死亡

他们要赶总也赶不完的路

他们对陌生的死者不屑一顾

我留了下来　想看看死者是男是女

是位老爷爷还是位老奶奶

我要赶在警察在死者身上盖上废报纸前

看看死者的表情

我看到死者是位老奶奶

脸面黑脏但表情安静　像刚刚睡着

我猜想汽车快速轧过她的身体

她来不及做出痛苦的反映

但我更愿意相信是死亡给了她临终的安慰

我甚至可以这样说　不是汽车轧死了她

是她无法逃避生活的痛苦时找到了死亡

死亡给了老奶奶在人间最后的公平

我不为老奶奶悲痛

我只为我和这座城市悲痛

我在老奶奶留下的一摊污血中

看到我和这座城市的内脏

血腥　脆弱　惨不忍睹

　　　　　　　　　——《乞丐之死》

在人民西路边　一个捡破烂的人

死了　是一个年轻女子用宝马

将他踩死的　围观的人

包括警察和我　都看到了血

污红污红　像烂葡萄的液汁

谁也没看到伤口

几分钟后　捡破烂的人

像破烂一样被一辆车收走

血被高压水龙头涂改成一股浊水

流进下水道　人群散去

这座城市　看上去比先前

更加干净

　　　　　　　　　——《干净的城市》

从学校回来，路过人民东路

围观的人群。女儿问我

那一堆报纸盖着的是什么

是一堆垃圾。我说

女儿接着问，怎么有那么多人

在看一堆垃圾。他们不怕脏吗

我说我也不知道

哦，女儿哦了一声就不再说话

风在吹着报纸。我担心女儿

看到被报纸掩盖的真相

快速地离开了围观的人群

报纸盖着的是一个乞丐

他被一辆执行公务的车撞死

女儿八岁，小学二年级

她在这条路一直要上到初三

这条路将影响女儿人生的走向

我只能在报纸的掩盖下

向女儿说谎。我不能在上学路上

让女儿不相信报纸

让女儿看见报纸覆盖的死亡

——《说谎》

　　这三首诗都以乞丐或拾荒者的非正常死亡为描述对象，传达的感受理性而冷静。《乞丐之死》写公共汽车轧死了一个乞丐，其他乘客因为忙于赶路很快上了另一辆车，只有"我"留下来想看看死者的性别、年龄甚至表情，"我"作为看客，在污血中看到"我和这座城市的内脏"血腥、脆弱，惨不忍睹。在《干净的城市》里，死于宝马车下的拾荒者尸体被收走，血污被冲洗后，城市比先前更干净。《说谎》是为了不让小学二年级的女儿，看到盖在报纸下被公务车撞死的乞丐尸体。要是看到真相的话，女儿就有可能不相信报纸，她还要在这条上学路上走7年到初中三年级。三首诗中，相同的元素可以归纳为：（1）非正常死亡的对象：乞丐或捡垃圾的人；（2）死亡原因：公共汽车轧死，年轻女子的宝马车"踩死"，公务车撞死；（3）"我的态度"：别人漠然我也只是想看看死者是什么人，血污冲洗后城市看起来更干净，不让年幼的女儿受到影响。那么卢卫平隐藏在三首诗中的写作目的是什么？"我"在诗中没有愤怒和控诉，而是冷静地面对事态，准确地说是冷静地面对事态的后果和影响。"我"在就已经发生的死亡有思考（我和城市的血腥脆弱）、有感受（城市更干净）、有行动（不能影响女儿），这里表现出来的冷静和理性应该是写作的真正用意。卢卫平是在以几近漠然的"反常合道"的方式提示读者：你们是不是"我"？你们是不是公共汽车上的乘客？你们对宝马女子和公务车是什么态度？在此，卢卫平傲慢或者说是骄傲的智力优越感，使作品于不动声色里传递出批判、谴责和忧虑的意味。

总而观之，卢卫平上千首诗作中的"我"，其感受和表达的物理空间基本上是城市，同时以城市为立足点牵涉自己的故乡。无论是写城市还是写乡村，写作的视角都是统一的。也就是说，这个骄傲的"我"是站立在一个特定的位置和角度来感受和思考的。当然，具备基本文学批评常识的人都知道，每个诗人的写作都有自己特定的位置和角度。但卢卫平除了智力上的优越感影响他的诗歌之外，更主要的是他与很多诗人都不相同的位置和角度，我愿意概称为"视角"。先看卢卫平写给湖北乡土诗人田禾的一首诗：

田禾进城二十年了

田禾一直写着乡土诗

写像他的名字一样的乡土诗

.

田禾写的那块乡土我去过

只有巴掌大

从他出版第一本乡土诗集

我就担心

他会山穷水尽

直到二十年后

在福建晋江

爱乐假日酒店四一〇房

我再次见到田禾

读到他的第五本乡土诗集

我才发现我的担心是多余的

田禾依然只会讲大冶方言

他的鼾声里

只有老牛和青蛙在叫

——《写乡土诗的田禾》

在这首朋友间的唱和之作里，"我"对田禾写乡土没有山穷水尽感到惊讶、慨叹和敬佩。现实里，卢卫平比乡土诗人田禾的经历要顺利得多。田禾在诗中坚守乡土甚而至于《喊故乡》，卢卫平因为没有像田禾那样坚持，因而会感慨"老牛和青蛙"还在田禾的诗中"叫"。是的，卢卫平没有坚守乡土，是因为他与田禾的创作视角有异。田禾的视角是乡下，卢卫平的视角则在城里。而创作视角的取舍，源于诗人在写作中秉持的文化立场，或者说是文化身份。换言之，创作中采取的文化立场或身份的不同，直接决定了创作视角的不同，进而决定作者感受、思考和表达的深度和广度。

借此，从我个人的阅读感受出发，我愿意把卢卫平的文化身份定义为"新市民"①。也可以说，我把卢氏诗歌所秉持的文化立场界定于新市民立场，由此采取的创作视角限定了卢卫平诗歌创作的冷静感受、理性思考与智性表达。卢卫平不像田禾那样执著于对乡土的狂热迷恋，也没有刘亮程"扛着铁锹进城"时的警惕、愤怒、轻蔑甚至怨恨心理，他只是以出身乡土的城市普通人的心态，去看、去听、去感受、去思考，去关注和体察世事人情和自然万物。继而，他再以诗人的优越智力，把所感所思艺术化地表达出来变作诗歌。于是，新市民卢卫平的诗歌创作就已然与众不同了。

二 新市民诗人应该怎样写作

新市民应该是哪些人呢？这是回答标题设问的第一个环节。

在我看来，新市民需要具有以下两个条件，或者说具备了以下条件，才能是新市民：

（1）户籍的变化（户籍身份）。

---

① 2006 年，青岛、西安等地纷纷把"外来人口""外来务工人员""打工者""农民工"等针对进城务工农民的称谓，以政府文件的形式统一改称为"新市民"。此举的目的在于将农民工纳入全市市民的统一管理，使他们享受与市民平等的待遇，提高他们的社会地位。后来也有很多城市效仿这种做法，但在实际操作层面上，仍然存在诸多问题。本文定义的"新市民"虽然在户籍意义上与此有一定程度的重合，但在文化身份上却有很大差别。最显而易见的区分是：卢卫平等新市民已具有相当的社会地位与话语权力，不再需要为基本的物质生存而小心翼翼和惴惴不安。

改革开放以来，为扭转或改变生存现状，寻求基本的或更好的物质生存空间，大批农村、乡镇及不发达中小城市的在职人员纷纷涌向大都市，尤其是沿海经济发达的省份和城市，由此形成了新中国成立以后最大的国内移民潮。其中的一些移民通过自己不懈而艰辛的有效努力，在移居城市奠定了平民起点的经济物质生存基础，并落户移居城市，成为城市市民中的一员。这些移居者中，大多数人出生于 20 世纪 60 年代和 70 年代，在农村或小城镇度过自己的童年和少年时期，通过进城打工、当兵复员、工作调转、下海经商、大学毕业等不同途径，获得移居城市的户口。前文谈及的刘亮程、田禾、郑小琼、谢湘南、卢卫平，以及珠海的曾维浩、陈继明、王海玲、裴蓓、李逊、李更、周野，深圳的张伟明、林坚、周崇贤、安子、丁力，江门的鄢文江，东莞的柳冬妩，等等，均在此列。他们共同的社会学特征，可以界定为由移民到市民，因此也构成一个饶有意味的文化课题。

（2）观念的变化（文化身份）。

虽然已成为移居城市的户籍居民，然而由于移居者的地域、出身、阅历经验和知识水平等文化背景的差异，每个新市民都存在着一个认同和融入移居城市生活的过程。既有的生活习惯、思维方式、伦理观念、价值标准等，都无一例外地受到市场经济体制下现代城市规则对精神、心理层面的严酷冲击和挑战，因而必须要改变和转变自己。对于大多数移居者而言，改变或转变首先要从最基本的生活方式开始：城市的快节奏和刻板的时间观念，拒绝了乡土生活的悠闲与从容；城市的各安其事、少相往来，阻挡着乡村热络的人情交往；拥挤的人流和浑浊的空气，使朗阔与清新变作曾经的回忆；等等。移居者若不改变，就意味着格格不入。当然，改变基本的生活方式，相对还容易。更主要的是，移居者只有在伦理观念和价值标准上转变，才能算作真正地融入城市。尤其当新市民面对现代城市中的纸醉金迷、灯红酒绿、声色犬马，面对城里人的自私冷漠、唯利是图的时候，在不适和苦恼中，要么随波逐流投身其中，要么视而不见洁身自好。

仅从户籍身份和文化身份来看，关于"新市民"的定位大致如是。可以说，新市民在现代大都市尤其是沿海经济发达城市，已经形成一个阶层，一个对城市发展贡献巨大的阶层。接下来的问题在于，我们应该怎样认识新市民阶层的文化特征？这是回答标题设问的第二个环节。

我以为，新市民阶层的文化特征主要体现在乡土经验与城市生存法则的冲突上，由此形成了一个稳固的"故乡情结"。因为观念的差异和难以融合或不能完全融合，每个新市民都或多或少地在用"故乡尺度"衡量着城里的一切。这样的现象虽然体现在每个新市民的精神心理和外在言行中，但却是当下社会的普遍症状，根源在于时代发展的巨大变化。

众所周知，中国社会几千年来的经济形态一直是以农业文明为主，因此也形成了中国人稳定的农业文化价值观。举国上下都是农民的现实，直到鸦片战争后才被打破。同时期的欧洲已经完成了工业社会的转型，日本和美国也正在改变和将要改变，所以面对列强的侵夺，李鸿章惊叹中国遇见了"数千年来未有之变局"，非改革不足以生存。但由于种种原因，中国社会的经济形态并没有发生根本改变。20 世纪 70 年代末期的改革开放，是中国顺应历史发展趋势的必然选择，从最初设立经济特区试点到 20 世纪 90 年代全面实施市场经济体制，古老的中国奋起直追，开始加速工业化的进程。同时，中华人民共和国成立以来长期实行的"城乡分治，一国两策"政策也逐渐松动。于是，在举国上下处处城市化的过程中，大批的农村剩余劳动力进入城市打工。随着城市的快速发展，又有越来越多的贫穷落后的城镇居民，涌向经济发达的沿海都市寻求物质丰盈的新生活。

然而，进城的"乡下人"也感受到了现代城市发展中的种种弊端：唯利是图的血汗工厂、冷漠自私的人际关系、难以认同和融入的生活方式等，无根的"漂泊感"使之成为城市里的"异乡人"。此刻，认同与融入城市生活之难，就构成了新市民与移居城市最初的冲突和对抗心理。因此我们也就不难理解在不少文学作品中，城市的形象是虚伪、残酷、肮脏、堕落的了。如慕容雪村曾在中篇小说《天堂向左，深圳往右》里，把深圳描述成一座物质充裕、精神空虚的欲望空壳，是"危险而华美的城市，一只倒覆之碗，一朵毒蛇缠身的花"。所以当刘亮程"扛着铁锨进城"时，对"城里人"轻蔑、警惕和对立的"铁锨心态"，表达出了众多进城的"乡下人"共同的心理意识，因而受到众多读者的追捧。正所谓"在城里/耳朵贴近乳房/听到的是欲望/赤裸地燃烧"，而"在乡下/耳朵贴近乳房/听到的是乳汁/神秘地流淌"（卢卫平《城乡差别》），这样的反差，足以显出认同和融入城市之难。于是，质地宁静姿态安详的故乡，就成为抚慰和栖息灵魂的最佳港湾。故乡是生活的"根"，是永远的精神寄托。

但是故乡在哪里？进城的人还回得去吗？获第五届鲁迅文学奖的"打工作家"王十月，在写于2011年的中篇小说《寻根团》（《人民文学》2011年第5期）里讲了这样一个故事：40岁的王六一从楚州来广东打工整整20年，当初因为向往城市而逃离家乡，但进入城市后，却又始终无法适应和认同城市，内心充满不安和焦虑。于是，他想通过回乡"寻根"的方式来找到心理上的安慰，但家乡没有改变的愚昧落后迫使他第二次逃离。"现在的他，有了城市的户口，却总觉得，这里不是他的家，故乡那个家也不再是他的家，觉得他是一颗飘荡在城乡之间的离魂，也许，这一生，注定了要这样离散、漂泊。"王十月本人也说："家乡，我已回不去了，那里没有了我的土地和家园。城市，我也未曾真正进入。因此我说，我是一颗飘荡在城乡之间的离魂。我已经无法回到乡村去生活，但无论在哪个城市，都格格不入，没有归宿感。"①20 多年过去，城市留不下，故乡又回不去，不能"适应"和"融入"，没有归宿感，却又无法离开城市，唯一的寄托是蕴藏在心灵深处的精神和情感的故乡，这似乎正是新市民阶层至今不能消除的文化隐痛。

作家冉云飞说："每个人的故乡都在沦陷"②。冉云飞是从环境保护角度说的这句话。事实上，家乡不是故乡，王六一在《寻根团》里回到的就是家乡而非故乡。家乡是地理学意义上的，无论人事怎么变化，怎样拆除和重建，它都在那里；而故乡则是精神意义上的，可以穿越时空，附着于人、事、物、景进而建立身份认同，成为情感所寄、内心所依、灵魂所栖居。故乡是一种记忆也是一种经验，故乡是一种时间也是一种氛围。更确切地说：故乡是一种精神尺度或文化标准。为此，新市民阶层无法逃避的是一个两难选择：在社会发展的整体趋势下，恪守还是修正这种尺度或标准？

抛开现实生存，仅就文学创作而言，恪守还是修正故乡尺度，其所呈现的作品精神与情感内涵却大不相同。这就回到标题的最终设问：新市民诗人应该怎样写作？

① 《人间送小温》，《文学报》2007 年 9 月 6 日第 3 版。

② 冉云飞：《每个人的故乡都在沦陷》。http://www.aisixiang.com/data/50715.html。

如果借用既有的文学命名来纵向考察新市民写作的发展轨迹，则大体可以分为几种互有交叉的写作状态："打工文学""底层写作""移民写作""新都市文学"等。

"打工文学"既指创作主体的身份，也包括作品的表现内容，也即打工人写打工事。兴起和命名均源于深圳，20 世纪 90 年代后引起极大关注，2000 年后形成全国效应。其中的大部分作者，都已成为新市民。"底层写作"或"底层文学"是因 2004 年曹征路的中篇小说《那儿》引发的一场大讨论，一种观点认为"底层写作"的共同特点即反映底层民众的苦难生活[①]，因而也包括了"打工文学"。不管怎样，"底层写作"是一个难以确定具体含义的概念，其中也涵盖了新市民写作的内容。"移民写作"是指主体为从乡村和不发达城镇进入经济发达大都市的写作者及其创作行为，最能体现新市民写作的基本脉络与特征。"新都市文学"是 1994 年初深圳《特区文学》首次提出的概念，旨在倡导对深圳城市生活的文学关注和描写，强调对城市化进程中全新的文化冲突的表现，其所倡导的写作方向，与新市民写作有重合之处。

但是，上述对改革开放以来写中国城市现代化进程中人的生存状貌之文学的命名，在意义上相互重叠，逻辑标准也各不相同。在我看来，1978 年以来的中国文学发展到今天，多元共生中亦各有侧重，新市民写作应该占有其中不可忽视的一席地位。以"新市民写作"为提领，之后回溯其发展历程，不失为一种有效的梳理和研判路径。依此，我们会发现时至今日，新市民写作起码已经历了两个阶段。

（1）乡土与城市的对抗阶段，主要表现在前 20 年的打工文学中。"打

---

① 见陈晓明《"人民性"与美学的脱身术》，《文学评论》2005 年第 2 期。

工者"到城里后备受冷漠、歧视甚至是欺凌的不公正待遇，此间的文学表现多是愤怒、控诉、谴责、怨恨的主题指向，显示彼此间的不相容和敌视。以《黄麻岭》等诗作声震文坛的郑小琼，在接受人民文学奖时说："珠江三角洲有 4 万根以上断指，我常想，如果把它们都摆成一条直线会有多长，而我笔下瘦弱的文字却不能将任何一根断指接起来。"[1] 这段著名的"断指叙述"中隐藏的潜台词，一度成为"打工文学"的共同主题。

（2）乡土与城市的融合阶段，主要表现于异乡人在认同和融入现代城市的过程中，观念的渐次修正和转变上。其中以非打工族的移民作家创作为主，也包含打工文学后期的一些作品。如李兰妮等在深圳特区文学初期的创作，就写出了新移民能够接受现代竞争意识，敢于展示自我价值诉求的精神成长历程。丁力的商战小说系列没有把都市看作罪恶之源，而是表现出对新的现代城市生存价值的认同，为光怪陆离的都市生活注入了理想色彩和人文情怀。在裴蓓的中篇小说《我们都是天上人》[2] 中，主要人物只有两个——都市和李子蕾。都市作为曾经成功现已穷困潦倒的"南漂一族"，一直活在往昔的辉煌里不能自拔。来新海推销一艘只在骗局里的航空母舰，使他成为滑稽感十足的现代版堂吉诃德，最后也没有醒悟。与好朋友都市、丈夫周京、妹妹心心相比，李子蕾却是一个沉重的形象。小说结尾写离了婚的李子蕾走出都市的病房，在四周刺目的白色里，心里充满了疑惑。"到处都是病人，或许，她病得最重?!"作者在貌似荒诞的叙事里，其实并没有特别否定哪一个人物。

---

[1] 见成希、潘晓凌《郑小琼：在诗人与打工妹之间》，《南方周末》2007 年 6 月 6 日。

[2] 刊于《特区文学》2008 年第 3 期，《小说月报》2008 年第 8 期转载。2009 年 6 月，获《小说月报》第十三届百花奖。2010 年 10 月，由这篇小说改编的电影《天上人》在全国上映，裴蓓编剧，宁瀛导演。

在新海这个特区城市里，每一个人都在活着自己，只不过李子蕾是在苦涩中有一份自己的坚守与追求，这或许应该是裴蓓心中真正的作品主角。

当然，"对抗""融合"两个阶段一直是并行发展的。到目前，也仍然有第一阶段的作品面世，但数量较早期要少得多。而新市民写作，却正在成为一个不争的事实。

诗人王家新说过：每一个作家与时代都是一个同构关系，我们无法回到一个远离现代的农耕社会，我们只能和这个时代正面交锋。的确，城市化作为工业化的标志性产物，体现着人类文明进步的必然阶段。改革开放 30 年以来，现代城市文化以不可逆转的历史趋势在全方位地影响和改变着古老的华夏民族，其作用似乎并不亚于 200 多年前的英国工业革命。在城市化的进程中，城市文化因其独特的性质和发展形态，对传统乡土的生活方式、价值观念等，既非全部否定也不是整体容纳，而是有所取舍与扬弃。鉴于此，新市民写作应该遵循以下几个原则：

第一，拥有关于国家和民族的政治、历史、哲学、文化等理论的高度。现实中的不少写作者只凭一己的直观感受，来观察、判断、思考生活进而写作，缺少"自我的生存实感"与"历史意识"①，因而也缺少应有的深度和广度。写作者必须是一个独立的思想者，这就须有深厚的

---

① 见梁鸿《对"常识"的必要反对——当代文学"历史意识"的匮乏与美学误区》，《南方文坛》2009 年第 6 期，第 26～30 页。作者认为："文学的'历史意识'并不是要求作家对社会历史具有科学的论证，更不是总结出什么样的社会规律与行为标准，而是在美学的、诗的基础上，探索社会、历史、民族存在及生命存在的复杂性，它是对'矛盾'的表达与象征。在要传达的意义方面，当代中国作家所存在的问题不是说不清楚，而是太过单向度，缺乏多重空间。因此也就有了限度。"而强调作家"自我的生存实感"，就是强调一种"抵抗"精神。学会"抵抗"不仅是抵抗身处的时代，还要抵抗自己的内心。

理论修养，这是所有文学写作行为的必备条件，尤其是新市民写作的首要前提。因为新市民写作者要面临诸多以往未曾出现的新现象、新问题，如何在创作中面对和解决，是评判写作能力和水平高下的重要尺度。

第二，认同自我的新市民身份，修正和转变既有的生活、伦理、文化标准。并不是所有由移民而市民的写作者，都能有这种清醒的自我身份认同。很多情况下，需要新市民写作者消除故乡标准也即农业文明观念的阻拒性，有批判性地保留和舍弃，对城市文化也要批判性地吸取和融汇，这样就能避免昙花一现式的单向度的控诉与怨恨，也不会产生廉价的颂歌式赞美。在诗歌写作中，此种状况尤为显明。

第三，确立向善求真的写作伦理和立场。面对现代城市文化精芜混杂、良莠难辨的现状，新市民写作有责任和义务辨浊扬清、去芜存精，不畏权谋，不媚世俗，只有具备这样的道德担当，才可能保证写作者自己的立场不变易。通过文学"显恶""溢美"，固然能很容易地让读者对丑魅愤怒对良善欢喜，但对现代城市人面临的困境与诸多问题的艺术化表达和警示，即使在人生启蒙的意义上看，也功莫大焉。

明确了上述基本原则，接下来就应进入新市民写作的创作层面。而卢卫平的诗歌境界，已经为我们提供了最好的实践例证。

新市民诗人应该怎样写作（下）

——卢卫平诗歌创作纵论

近 10 年来，卢卫平已获得了多个全国性的文学大奖，成为没有争议的著名诗人。关于卢卫平诗歌的评论也已有很多，从国内著名诗歌评论家到大学里的专家学者，对卢氏诗作均赞赏有加。就诗歌创作本身而言，作为新市民写作的代表性诗人，认识和理解卢卫平的诗歌需要解答两个基本问题：他写了什么？他是怎样写的？以我个人对卢卫平诗歌的有限阅读，我感觉评论者虽然在文章中都已对两个问题作了不同层面的回答，但与我本人的阅读感受依然有某些距离。所以，我愿意站在没有功利性影响的位置，对卢卫平的诗歌作第三者角度的个人读解。

一　卢卫平写了什么

卢卫平在他的诗歌里，写的是进城的"乡下人"经历到、感受到、思考到的一切。但又不是简单的乡下人写城市，而是已在城里的"乡下人"既写城市也写乡村。更准确地说，是"已是城里人"的"乡下人"写城市与乡村相融互渗的综合感受。2004 年，他在题为《乡下人在城里》①的创作谈里，相当清晰地说明了自己的创作姿态和动机。在

---

① 《乡下人在城里》，《诗刊》2004 年 8 月下半月刊，第 31～32 页。

此引录部分内容，借以具体阐述。

> 我是在乡下长大的。对于城市，我是一棵移栽的矮树。在某个小小的角落，为与我生命密切相关的人和事撑一伞阴凉，并绿化经过我身边时用善意的目光看我一眼的人。

"我"来自乡下，并非地道的城里人，"每一座城市都是异乡"（1999年卢卫平曾以此为诗题）。在城市里，"我"只愿意做一棵"移栽的矮树"，给人以阴凉，并期望能改善城里的人文生态，建造"都市里的田园"。虽然自谦为"矮树"，但我觉得卢卫平有清醒的使命感和创作抱负。这是一位很骄傲的诗人。

> 我是因上学而进城的，那是我第一次进城。从身份上讲，我是已成为城里人后，才进城的。但我内心深处的乡村的烙印，并没有因为我有了城市户口而发生改变。十六年的故乡井水，已成为我血液的一部分。
>
> 岁月永远抹不掉人的胎记。
>
> ……
>
> 城里人只因为有一些乡下人没有的票证，城市才属于城里人的。没有谁是城市亲生的。所有的城里人都是从乡村过继来的。只是年代久了，一些城里人早已忘了祖先那条乡村的尾巴。

虽然已经有了城市户籍，但精神和情感的根系依然在故乡。与故乡的联系，已如胎记一样永远无法抹掉了。在卢卫平看来，城里人对乡下人的优越感，源于他们已经拥有的生存资源，而实际上，所有的城里人都来自乡土中国，根系都在乡村。在乡土中国向工业国家快速行进的时候，先前进城的乡下人与后来的没有太多的区别。因为从身份来源上讲，两者并没有本质的差异。所以，无论哪一种城里人，似乎都不应该忘本。

　　我以乡下人的性格开始了我在城里的生活。我像牛一样，在忙的时节，不分昼夜，不管阴晴，辛勤劳作，为能住上宽敞的房子，为女儿能上好一点的学校，为妻子不想做饭，一家人到楼下大排档吃一顿时不摸着钱包犹豫半天；为喜欢搓几圈小麻将的老父亲，在逢年过节时，不至于只看着别人搓麻而手心痒痒。闲下来的时候，我就像牛一样反刍。我的诗，就是反刍出来的。要反刍，首先要将东西吃进胃里，要有积累，然后再慢慢咀嚼，慢慢回味。我的胃里有不少乡村的东西，进城后，又吃了一些城里的东西。因此，我写乡村的诗，散发着城市气息。写城市的诗，往往又沿着诗行之间的空隙回到了乡村。从我的一些诗作的名字就可以看出这一点。如《在水果街碰到一群苹果》《在五星级酒店吃窝窝头》《为新居添置一件农具》《乡下人进城》《异乡的老鼠》《降落到城里的雪》《在城里的酒店邂逅故乡的高粱酒》等等。我写这些诗时，我都在现场，都是我亲身感受过的，就像牛反刍的东西都必须首先经过牛胃一样。……

"我"进城后，用牛一样的"乡下人性格"坚忍地工作，为的是有房、有钱，以求解决好基本生存问题。闲暇时，"我"开始"反刍"自己的经历和感受，物化为诗。此处尤其值得我们注意的是，卢卫平特别强调自己"写乡村的诗，散发着城市气息。写城市的诗，往往又沿着诗行之间的空隙回到了乡村"。这种乡村里有城市、城市中又有乡村的状态，表明作者是站在城里人的位置上感受和思考的，把持的精神尺度既不是乡村经验，也非城市标准，而是对二者既有融合又有取舍的第三种尺度，即新市民的立场。这样的立场，使作者表现在诗中的意蕴语言内涵，因"发现"之新而带给读者强烈的冲击力。卢卫平自己在文中例举的诗题，其本身就因反差很大的"陌生"感给人以全新的联想，让读者有充分的阅读期待。

> 有时我更像一只从乡下跑到城里的兔子。在钢铁的森林里，我不堪一击。穿越马路时我小心翼翼，东张西望。我曾目睹过一个活蹦乱跳的生命，在瞬间成为橡胶胎下一摊腥红的血。人经常被自己制造的东西毁灭。从这个意义上讲，人类创造的过程，就是毁灭的过程。工业文明接近极限地让人类在感官上享受到一切，在精神上又带来些什么呢？可又有几个人能拒绝工业文明的诱惑，愿与瓦尔登湖畔的梭罗为邻呢？我知道我不可能得到答案，但这并不影响我思考这个问题。我将这些思考写进诗里，使我在表现日常生活的诗中多了点所谓的深刻。
>
> ……

作者很清楚地意识到，自己的诗歌需要"深刻"在什么地方。在钢筋水泥的现代化城市里，造成生命和精神脆弱的原因，是人类自己造成的。卢卫平的思考，也是当下诸多有识之士的文化忧虑所在。这是哲学的问题，是社会学、政治学、经济学的问题，也是文学的问题。在我看来，卢卫平在此能这样思考，一定程度上已经超越了20世纪中国文学史上都市恶与乡村美的城乡二元对立思维模式。因而在卢氏诗作里，乡土不只是"美"，城市也非单纯的"恶"和"肮脏"。当人类立于现代城市的现实眺望自己命运的远方时，茫茫然不能知其果；回望来时的路却安详、沉静、清新、自然，那里有每个人的精神故乡，我们只能在记忆中的乡土上找到情感与灵魂的栖息之所。而文学，恰恰能为我们铺就一条让精神回到故乡的路。故此我以为，卢卫平诗歌之所以不能用"乡土诗""打工诗歌"等概念来界定，就是因为他能从人类整体生存的角度来观察、感受和思考，这源自他新市民的现代性创作立场。

> 树在城市只能站在路边。城里的大路朝向高楼，大路上奔跑的是汽车。这工业的蝗虫已渐渐啃光城里人灵魂原野上最后一株庄禾。我移栽到城里时，根上有一兜故土，让善良质朴的人在钢筋水泥的丛林中一眼就能认出我。

基于以上所概述的立场，卢卫平进一步提示"故土"的价值，再一次强调自己是一棵"移栽"到城里的树。曾有人说：游牧民是野生的，农民是散养的，城里人是圈养的，而现代大都市里的人，则如机械化养殖。这样的类比，似乎不无道理。我想，对于文学而言，故乡是一种生活方式，也是一种价值尺度。生活在城里的诗人，如果以故乡尺度作精神参照，就会有第三只眼睛看人生，不只是城里人的种种困窘与苦恼，都会被放大为人类的病理图片，这难道不是对人类进步的一大贡献？如他在《我拿着一把镰刀走进工地》中所写：

> "秋天了，金黄的谷物/像一个掌握了真理的思想者/向大地低下感恩的头颅/我拿着一把沉默的镰刀走进轰鸣的工地/这把在老槐树下的磨刀石上/磨得闪闪发光的镰刀/这把温暖和照亮故乡漫长冬夜的镰刀/一到工地就水土不服，就东张西望/一脸的迷茫，比我还

无所适从/我按传统的姿势弯下腰，以牧羊曲的/节奏优美地挥舞镰刀/但镰刀找不到等待它收割的谷物/钢筋水泥之下，是镰刀无比熟悉的土地/从此后只能是咫尺天涯/镰刀在工地上，是一个领不到救济金的/失业者，是工业巨手上的第六个指头/但我不会扔掉它/它在风雨中的斑斑锈迹/是它把一个异乡人的思念写在脸上/是它在时刻提醒我，看见了它/就看见了那片黄土地。"

"沉默的镰刀"与"轰鸣的工地"无法融合，面对不可改变的城市生存的坚硬现实，"我"只能把"黄土地"作为精神的圣地来回望和思念。而整首诗的意蕴语言，也正是在故乡尺度的关照下形成的。

我的身旁是电线杆，电线杆上贴满性病广告，这是被欲望扭曲的城市疯狂发泄留下的后遗症。不知是否会传染给我。

诗是我一直在吃的预防药，既愉悦身体，又健康心灵。

城市有病，人也应有预防传染的药品，比如诗歌。诗歌如药，对"我"有效，对其他的城里人呢？对所有的诗歌读者呢？

卢卫平在自己的创作谈和一些媒体采访中，多次强调"诗歌是我的一棵树"①，"我的诗歌是向下的"：

这里的下，是乡下的下，是身份卑下的下，是高楼底下的下，是下里巴人的下，是九泉之下的下。……

---

① 见《诗歌是我的一棵树》，《诗潮》2007 年第 3 期，第 92 页；《向下的诗歌》，《诗刊》2005 年 5 月下半月刊，第 16 ~ 17 页；《诗是我与世界的一种联系——卢卫平答〈珠江晚报〉记者问》，2009 年 9 月 4 日，http://qikan.17xie.com/book/12729134/670786.html。

在这些下里，有我泥土一样质朴的父老乡亲。有老鼠一样在城里东躲西藏的民工。有在深夜大街上修自己鞋的修鞋匠。有分不清鼻子眼睛的拾荒者。有缺胳膊少腿的乞丐。有盖着树叶露宿街头的老汉。有在另一个世界日夜牵挂我的母亲。这些下，让我的诗歌充满怜悯情怀。让我始终是一个谦卑的写作者。让我时刻牢记一个诗人的良知①。

因为这样的表述和部分作品中的表层内容，使得不少读者甚至学者认为，卢卫平的诗就是写城市里的民工、乞丐和一切"穷人"的苦难与生存状态。但在我理解，衡量一个社会发展的程度和品位，就须看其中的"穷人"或"底层"。穷困阶层的生存状况，往往最能体现社会生态质量，也侧面反映某种人类共通的处境。卢卫平似乎也更熟悉所谓的底层生活，2010 年 12 月他在接受记者采访时，曾为此解释：

诗人创作诗歌与他自己的身份本身是没有直接关系的，跟他写什么也没有直接的关系，关键是看他怎么写。无论写什么，都有可能写出好诗。我不是为写底层而写底层，也不是刻意去写他们的苦难。我是通过底层的生存状况来反映人类所面临的共同困扰，就是无数人因为物质而迷失了方向。我个人认为，坚硬的物质给我们的更多的是精神的脆弱②。

---

① 《向下的诗歌》，《诗刊》2005 年 5 月下半月刊，第 16～17 页。
② 刁晓平、黄渝晴：《诗歌的魅力让我不断创作——专访著名诗人卢卫平》，中国国际文化产业网，http：//www.cc－art.hk/person_ newsShow.asp？id＝38&SmallClass＝名家访谈。

卢卫平在这里所说的"身份"是指所谓的"乡下人",写底层的"苦难"也只是手段或形式,他关注的是诗歌如何才能达到哲学的高度。

引述至此,我以为可以这样概括卢卫平的诗歌:他是以精神植根于乡土中国的人生启蒙者的姿态来写作的。新市民的文化身份、个人的艺术天赋与不懈的思考探索,使卢卫平能够挖掘万千眼前的事物中人所难见的含义,能够感受故乡里的母亲神圣的形象意义,能够发现活在现代都市中的芸芸众生的病理成因。当然,单纯地说"人生启蒙",肯定不是卢卫平诗歌的独有价值属性。在人类几千年来曲曲折折的前进路途中,是灿若群星的人生启蒙者为我们指引着"回家"的方向。现在,卢卫平也在越来越拥挤的人群里,试图用诗歌的方式做着启蒙的个人努力。他已经超越了人为的城与乡的思维篱笆,在更高更远处以自己的倾心观察与沉实探索,通过诗的感觉形象和情感节奏,向我们传达着他的想往、悲悯、忧虑,艺术化地让我们与他一起关注和思考共同的生存处境。所以,基于卢卫平整体上的创作实绩,这样评价他诗歌创作的价值和意义,应该并不过分。

二 卢卫平是怎样写的

具体地说,在卢卫平努力实现自己诗歌创作理想的写作实践中,有几个特点是值得某些擅长凌空蹈虚的诗人借鉴的,也是卢氏诗作的魅力所在。

第一,在主题指向上,卢卫平并没有摒弃或反叛中国传统的生活伦理认知和诗歌审美情感。也就是说,在以诗歌表达对人情事理的感受与思考方面，卢卫平仍然走在传统伦理价值判断的道路上。在具体的诗作中，这也许就是他故乡尺度的一种直接表现。以他最受称赞的母亲系列诗作为例，包括《在母亲坟前》《怀念》《活着的意义》《遗像》《遗产》《母亲不知道自己死了——母亲三周年祭》《修坟》《母亲活着》《九月叙事曲》《葬我的母亲在山坡上》《在雨中送母亲上山》等。在这些诗中，母亲的形象是统一的，充满神圣感。高尔基说："世界上的一切光荣与骄傲，都来自母亲。"传统文化中母亲这一生活角色所拥有的伟大崇高的人性光辉，在卢卫平的诗中都可以感受得到。以《修坟》为例：

> 母亲　儿子给你盖房子来了
>
> 儿子要让你在大地上住不漏雨的房子
>
> 住北风吹不掉屋顶的房子
>
> 你一生有关节炎
>
> 儿子不能让你只剩下骨头还患风湿
>
> 你一生在为怎样挨过冬天夜不能寐
>
> 儿子不能让你一生最后一觉焐不热被子
>
> 你坟前的槐树　在不停摇头
>
> 母亲　你是不是认不出儿子
>
> 儿子有三年没回家看你
>
> 你说　起风了　眼睛有些迷糊
>
> 即使一百年不见　母亲
>
> 都会在陌生的人群中一眼瞅出自己的儿子
>
> 母亲　你住上好房子后

会不会像你在城里住的那几天

天一黑就找不到你儿子的家门

你说城里的灯比天上的星星还多

不像乡下　认准一盏灯就能回家

有一间好房子　住在乡下

你就哪儿也不去了

母亲　你一生第二次出远门就到了天堂

你什么时候回来　母亲

儿子给你盖了能住一万年的房子

我看到磷火了

这是不是你提着灯走在回家的路上

母亲

这首诗里所表达的儿子对母亲的情感令人动容落泪。之所以令人感动，首先是因为作者把个体情感表现建立在"母爱神圣"这一传统道德认知的基础上，没有挑战和叛逆大众审美规则。歌颂母爱是世界各民族艺术表达的永恒主题，其所体现的关乎生存的正能量怎么评价都不为过。反之，如果在艺术创作上反叛这种一直以来的人类审美认同，最低限度上也是一种道德冒险。下面是尹丽川的《妈妈》：

十三岁时我问

活着为什么你。看你上大学

我上了大学，妈妈

你活着为什么又。你的双眼还睁着

我们很久没说过话。一个女人

怎么会是另一个女人

的妈妈。带着相似的身体

我该做你没做的事吗，妈妈

你曾那么地美丽，直到生下了我

自从我认识你，你不再水性杨花

为了另一个女人

你这样做值得吗

你成了个空虚的老太太

一把废弃的扇。什么能证明

是你生出了我，妈妈。

当我在回家的路上瞥见

一个老年妇女提着菜篮的背影

妈妈，还有谁比你更陌生

　　以之与卢卫平的母亲系列对比阅读，大多数读者的选择不言而喻。
10 年前，尹丽川们被有学问的学者、没学问的读者讥讽为"下半身"，
就说明在文学的创作和接受方面，坚持传统伦理认知的重要性。就作品
本身而言，不能简单论定尹丽川的"妈妈"和卢卫平的"母亲"孰好
孰坏，两者区别于不同的创作立场。在我看来，尹丽川这样写母亲是冒
险，卢卫平以传统角度写母亲则是更大的冒险。因为，尹丽川写出来就
是"创新"，而卢卫平必须要超越人所共知与"老生常谈"，这要求作
者必须具有更高妙的写作水平。当然，卢卫平这样写的动力，还是因为
自己对神圣母亲的怀念。所幸，卢卫平写成功了，想念母亲的高密度情
感通过他质朴的娓娓倾诉，剧烈地撞击人心，由此在绝大多数读者那里

形成共鸣。坦率地说，我本人就是在无意中读到卢卫平笔下的母亲后，才开始关注他的诗歌。问题在于，他是如何写成功的呢？这就需要概述接下来的几个特点。

第二，在结构上，卢卫平善于用"我"的场景和情节故事化地表情达意。换言之，就是他常常在跳跃性的诗行中，用读者可以把握和感受到的具体场景或事件讲述一个或几个故事；"我"在其中既是抒情者，也是穿针引线的结构性角色。与当下一些从概念到概念来写作的诗人相比，境界可谓云泥。对此我的最大疑惑在于，本人作为一个学文学、教文学近30年的教师，这些人的诗歌我却读不懂。我想，不是我有问题就是这些诗人有问题，或者两者都有问题。2008年10月，在澳门大学的一个研讨会上，我曾请教过程光炜先生，我的问题是：在我受到的文学理论教育中，抒情诗是有结构没有情节的，而看台湾学者的诗论竟然说"抒情诗的情节"，这是为什么？现在，我于卢卫平的诗中找到了答案，也明白了象牙塔里专家的"学问"和某种大学"课堂"的可怕。卢卫平绝大部分诗歌故事化的场景与情节，起码让我这个读者没有障碍地领悟到了其诗的意蕴语言，达到"不隔"的境地。

如《九月叙事曲》写了6个诗节，每个小节里都有一个中心场景，而"我"的动作串联起一个个或隐或显的情节，也可以说是动作细节。每一节的场景与情节，又使个人和家庭、社会、国家的历史联系到一起，显现的思想内涵与情感密度远远超出了42行的诗歌所能容纳的，堪称大手笔。在《在水果街碰见一群苹果》中，诗题已经设定了一个具体的场景，"微笑"让"场景"有了动感，"等我走近"时，"它们的脸都红了"，于是形成了一个互动性的场景，这就为下面"我"的"感触"搭建起了具体而可信的抒发空间。如《再数一遍》：

　　回到故乡

　　我突然发现

　　那么多星星

　　那么多我三十年前

　　数错的星星

　　一直等着在城里埋头干活的我

　　抬起头来

　　把它们再数一遍

　　已经在城里干活的"我"，回到故乡后发现小时候数错的星星在等着我重新数一遍，为什么要"再数一遍"，因为三十年前没有数对。"我"在此连接起两个层面的两个场景：一是时间上的，三十年前和三十年后，前者虚后者实；一个是空间上的，城里和乡下，后者也更实于前者。卢卫平以"我"为中心，建立起一个空间，也画出一个坐标，而"数"星星的动作使静态变动态。"再数一遍"还是会数不清楚，那就得下次回乡接着数。"我""数星星"是不是要在变幻的岁月时空里，成为永远的动作呢？

　　以上述三首诗为例，旨在说明卢卫平诗歌在结构上的主要特点。但好诗或成功的诗歌，最终还是要体现在语言水准上。

　　第三，在语言上，卢卫平以语词的准确和修辞的及物传达情绪感受。毋庸置疑，卢卫平诗歌的成功，最直接的表现是语言的魅力。他认为，好诗就是要在"旧事"中找到"新的秘密"。而"用什么样的语言，把这个'秘密'说出来，这是诗的基本要素，也是一首诗好与坏的重要标准。"有不少诗人写了一辈子"诗"，"却没有写出属于自己的一个句子，甚至一个词"。"什么时候一个诗人对已有一百个词条的事物说出第一百零一个词条，他就离写出好诗不远了，他就有可能成为一个优秀甚至杰出的诗人了"①。写出属于自己的句子甚至一个词，是卢卫平在驾驭诗歌语言上努力的方向。如《在美好的句子里幸福地厮守一生》：

> 我是前面的动词
>
> 你是后面的名词
>
> 我们将在美好的句子里
>
> 幸福地厮守一生
>
> 比如我是动词亲吻
>
> 那你就是名词眼睛、脸和嘴唇
>
> 比如我是动词抚摸
>
> 那你就是名词手、头发和乳房
>
> 你说你想在我前面
>
> 那我们就将句子加长
>
> 你既然是我后面不变的名词
>
> 又是我前面鲜活的形容词
>
> 比如我还可以是动词亲吻
>
> 那你就是形容词浅浅或深深
>
> 比如我还是动词抚摸
>
> 那你就是形容词温柔或陶醉

---

① 卢卫平：《发现"新的秘密"》，《好诗的标准是什么？》，金羊网，2005 年 8 月 27 日。

　　　　浅浅地亲吻你的眼睛和脸

　　　　深深地亲吻你的嘴唇

　　　　温柔地抚摸你的手和头发

　　　　陶醉地抚摸你的乳房

　　　　这是多么美好的句子

　　　　在这样的句子里我们

　　　　将幸福一生

　　在诗中，"名词""形容词""动词"有性别、有感觉，每一行诗句和每个语词，似乎都经过了作者精雕细琢，想象力之外，语言运用的功力可见一斑。诗人路也曾感叹："情诗竟还可以这样写！"[①] 但是，与卢卫平的其他诗作比较，我不太喜欢这样的写法。不仅因为意蕴语言的清浅，还因过于用力反而使诗句滞拙且不自然。诚然，卢卫平的想象力别致新颖，但想象恰恰是通过词语来完成的。即使比拟、排比、复沓、对比、对仗乃至通感等卢卫平使用娴熟的修辞手法，也是基于想象进而落实到语言。依我的阅读感受，我以为卢卫平诗歌的语言魅力，主要体现在不着雕琢痕迹的叙述性语句上。

　　　　我在你的病床前答应过你

　　　　母亲，送你上山的那天，我不哭

　　　　家门口的倒水河哭，我也不哭

　　　　厨房里百年的老石磨哭，我也不哭

　　　　灶台上的盐罐哭，我也不哭

---

①　见路也《卢卫平的诗歌之树》，《南方文坛》2008 年第 1 期，第 88～92 页。

……

是父亲哭，我才开始哭的

是婶娘媳妇们哭，我才开始哭的

是兄弟姐妹哭，我才开始哭的

是我的女儿哭，我才开始哭的

是天下雨了，母亲，我才开始哭的

……

母亲，我是趁你睡着了才哭的

你即使被我哭醒了

你也不知道我在哭

雨一直在下

雨水湿透我全身

雨水遮盖了我所有的泪水

这是《在雨中送母亲上山》的三个诗节。每个诗行都是一个叙述性的句子。虽然每节里的五个诗行以修辞技巧构成旋律，但这只是渲染了诗意的感人效果。根本在于以叙述句形成的倾诉感层层累积，对应悲痛感觉的逐步加深，从而成为内在的情感节奏。读者在阅读过程中，会深切体会和感受到"我"的"悲伤"，却可以忽略语词本身。事实上，这是诗歌欣赏中读者接受应达到的最佳效果。也就是说，叙述句式构成了一种指向诗歌内部人事物景的倾诉感，能让作者更自如地展示表现的目标。

第四，在意蕴语言表达上，卢卫平长于在普通平凡的人事中发现普遍性的蕴涵。他注重"看见眼前的事物"，强调一首好诗，就是要在司空见惯的日常生活里有所发现，要在一切"旧事"中去寻找新的东西，要言说出一件已经真相大白的事物"新的秘密"。"你是否独一无二地找到和发现别人从未找到和发现的感受，没有任何一种文体比诗歌更强调惟一性和独创性。一个诗人比一个哲学家更不能两次踏进同一条河流"①。这样的新发现，会"使细节变得显著，使日常变得珍贵，使被忽略的部分得到关注和拯救"②。而在表现出"新发现"后，诗就有了普遍性和哲学的高度。

在卢卫平的诗中，这样具有普遍性的"新发现"是他创作的一个显明特征。《楼道的灯坏了》写道：

> 楼道的灯坏了
>
> 我摸黑走到七楼
>
> 打开家门
>
> 我发现
>
> 我的家竟然
>
> 那么亮堂
>
> 多少年视而不见的东西
>
> 也在闪闪发光

卢卫平在这首诗里的"发现"，可以理解为我们对最熟悉的事物常常视而不见，也可以解释成黑暗与光明的悖论关系，进一步的话还能阐

---

① 卢卫平：《发现"新的秘密"》，《好诗的标准是什么？》，金羊网，2005 年 8 月 27 日。

② 《向下的诗歌》，《诗刊》2005 年 5 月下半月刊，第 16～17 页。

释出更多更哲学的含义。以我所见，读者一般都能体会到第一种意思，这就足够了，卢卫平已经很好地达到了他写作的目标。因为，除了这首已被多人评析过的代表性作品之外，他的诗歌基本上都具备这样的属性。再如《集体活动》：

单位组织集体活动

登山

没什么可纪念的

只是坐办公室坐得女同事都快生痔疮

更重要的是下山后可猛搓一顿

到山顶后

领导开始讲话

讲什么我没听见

好像是点名

照完合影相开始下山

我在单位一向落后

就让他们先下山

我再在山顶站一会儿

让风吹吹我

让太阳晒晒我

让走在前面和我关系不错的

一两个同事

会想到我还在后面

我就想到这些

我在高处的想法往往简单

例举这首写于 10 年前的诗作，除了不被评论者引用，还因为它在语言上较后来有点"随意"。然而，此诗的题材与所表达的蕴涵，却在卢卫平的诗歌中一以贯之。无论是同期发表的《必然》《追悼会》《从殡仪馆回家的路上》，还是后来的《椅子》《土地》《在水果街碰见一群苹果》《在命运的暮色中》《悲悯让我不知所措》等等，都是作者在城市生活过程中的所见、所闻、所感，表达的意蕴语言均为智性思考内容。如《集体活动》所言的"高处的想法"，可以令读者有多重理解，而"往往简单"又使作者的所指比较集中。这里绝不是单纯的讥嘲、讽刺、幽默等所能涵盖的。即使表达情感内涵异常强烈的怀念母亲系列，也非简单地歌颂和怀想，内里常常含有双声或多声部的意蕴语言旋律。

总之，卢卫平不是哲学家，但他的诗里有哲学。他在诗中具有普遍性的意蕴语言表达，虽出自诗人个体的感受和思考，却呈现为一种群体意识。在我看来，这应该是已经形成的新市民阶层正在觉醒的对世界、对生活的共同意识。作为新市民的一员，卢卫平诗歌创作最重要的价值之一，或许就在于这样的人生启蒙，对新市民本身，也对社会的整体。

解读胡的清诗歌的三个关键词

胡的清的诗歌创作与中国的改革开放同时起步，迄今已逾 30 年，先后出版了《月的眼》（1991 年）、《有些瞬间令我生痛》（1996 年）、《梦的装置》（2000 年）、《童年巴士》（2004 年）、《与命运拉钩》（2005 年）等五种诗集。作为一个具备一定文学常识的诗歌读者，我在阅读胡的清诗作的过程中，第一印象就是难以对其进行比较准确的意蕴语言定位，或者说我不能很快地找到界定她作品主题指向的概念和词句。参看一些评论文章，除了诗人叶延滨的评析①切合实际之外，其他的大都进一步加深了"含混"的程度，对于普通读者而言，只能起到折磨人的效果。这让我更深切地感觉到，学者们"会说自己的话"的必要与可贵。为此，我不揣浅陋地以个体感觉，与喜欢胡的清诗歌的读者一起，尝试寻找解读其作品的关键词。

一 关键词之一：情调

"情调"对于活在都市里的人来说，是一种奢侈。在喧嚣、忙碌、烦躁、困窘的生存现实中，情调意味着在行动上悠闲，在心态上从容，

---

① 见叶延滨《胡的清诗歌片论》，《当代文坛》1997 年第 2 期，第 45 ~ 47 页。

在氛围上宽松，在姿态上雍容等等，最基本的含义是特指一种生活质量。我无法了解胡的清的生活是怎样的一种情调，但她的诗是有"情调"的。而且，在我感觉，这"情调"还须加上"古典"的限定，要与"现代"保持距离。也就是说，胡的清诗歌中表现出了浓郁的"古典情调"。此为她诗作的魅力之一。

> 一匹小的蒙古马，
> 踩着碎步向你跑来，
> 温柔地吹气、喷鼻，
> 把脸凑近你，
> 轻轻嗅着、拱着，
> 像有许多知心话儿，
> 要对你说。
>
> 一匹小的蒙古马，
> 在你身旁站着睡觉，
> 它的忠诚和温顺，
> 笼罩在一团柔光里。

这首《最好的马》，让我最先想到"古典情调"这个词。"一匹小的蒙古马"在"柔光"里和你说话，站在你身旁睡觉，可爱、温柔、娴静；而"点燃最小的灯/到河边去/到草丛去"（《萤照》），与此有一样的情致表现。可以说，玲珑、小巧、优美是胡的清诗歌古典情调的外形，体现在诗的词语、诗行与内在情致的有机统一中，成为他诗歌的物理形象，质地轻柔，形体和谐。如果从这个层面上来感受胡的清诗歌，我们会发现"优美的诗型"是其绝大部分诗作共有的特征。

借此进一步看，在优美的物理形象或我所说的"诗型"里，大都蕴涵着或隐或显的忧郁和感伤情绪，这是胡的清的诗歌个性之一。如《我被一只昆虫凝视着》《裸露》《月光下晃动着一大片芦花》《插花》《谁带我走过星夜》《卑微的善意》《别一种乡愁》《被风踩过》等代表性作品①，其中无不浸润着忧郁和感伤，从而形成一种特别的抒情基调。而这样的抒情基调，又是通过特有的语态来体现的。

> 巴音布努克的夜呵
>
> 青草疯长抬高了天空
>
> 星斗下坠，如沉思者的头颅
>
> 闪烁智性的光辉
>
> 宇宙动用了多少黑暗挤压我
>
> 当我抬起头，目光触及的星子们
>
> 发出尖叫——是我体内的黑
>
> 将它们打磨得更加炫眼！

---

① 载于《珠海经济特区三十年文学作品选（诗歌卷）》中的九首诗，与刊登于《人民文学》2008 年第 10 期等杂志上的诗作在诗题和诗行设置等方面有所不同。如《凝视》与《我被一只昆虫凝视着》、《裸露》与《裸露的事物》、《莹照》与《点燃最小的灯》、《在别处》与《在哪里》等题目的变化，以及有些诗中诗行设置的不同等，在反映出作者写作态度上的精益求精的同时，也显示了某种创作未完成的犹疑心态。这是另外一个论题涉及的内容，本文不再赘述。

我要寻找白天见过的那个盲童

他向路人伸出小手

此刻，他在哪里眺望星空？

我要找到他，让他拉住我的手

走过灵魂裸现的夜路……

——《谁带我走过星夜》

"巴音布努克的夜呵/青草疯长抬高了天空"，这是让我非常钦佩的诗句之一。"夜""青草""天空"，构成一个静态的空间，而"疯长"又给予静态以十足的动感，然后才可能"星斗下坠"，引出"我"的玄思。如果没有开头的这两句，其余部分即使成篇也会韵味全无。在语态上，首行一顿加语气词"呵"表现感叹；第二行三顿显出力感表现判断，由此形成鲜明的顿挫节奏。可以说，这两句为全篇定了基调，创造了诗美韵味，或者说开启了诗美的有意味的空间。我甚至以为，一般读者完全不需要索解作品的思想内涵，只要把握其中或忧郁或感伤的基调就足够了，感受到淡淡的愁绪蕴涵就算是读懂了这首诗。如同我们最初读海子的《亚洲铜》《打钟》一样，很多人不知道作者在诗中想表达什么，但可以真切感受到其中流淌着的情调韵味，一种富有生命实感的精神体验。在某种程度上说，意蕴语言表达是诗人的期望和追求，而莫可名状的精神体验和情绪感受，却可以让诗人和读者的生命感受相通与融合。更何况，很多时候诗人本身也不能明确自己作品的意蕴语言所在。

当然，以上所述不是说胡的清诗歌忧伤的抒情基调，只是用开头的诗行来奠定。在这首诗里，后两节都是"我"的"态度"和"主张"：在身体内外都是"黑"的现实环境里，要靠盲童的引导走自己的路，

"裸现"自我真实的灵魂。进一步地解读，虽见出此诗形而上的哲学内涵，但也必须明确：诗可以表现哲学，可哲学绝不是诗。再如《月光下晃动着一大片芦花》，全篇从首至尾都贯穿着忧伤的情调："月光下"大片的、密密的、厚厚的、茸茸的芦花的白，不但"漂白"了月亮的"旧褂子"，也"漂白"了我灵魂的"旧褂子"。不论作者的寓意是什么，读者体会到情感基调就是一种阅读享受了。

所以，简单的结语应该是：胡的清诗歌忧郁、感伤的情感抒发，体现于自然清婉的语态和普通生活意象的完美组合中，由此形成了优美的诗型，呈现为一种古典情调，一种缘自社会与自然的、忧伤的古典情调。

二 关键词之二："我"

"我"作为诗歌的抒情者身份，在当代汉语新诗中出现的频率随时代的发展而变化。17年诗歌中的"我"即使出场，也是"大我""时代"或主流意识形态的代言人，更多的是"我们"甚至是"咱们"。如郭小川著名的《祝酒歌》，"今儿晚上哟，咱们杯对杯"中的"咱们"，展示的是特定时代要求作者必须具备的立场和姿态。1978年以后的汉语诗歌里，"我"开始理直气壮地取代"我们"，出现的频率和密度逐渐增加乃至泛滥。这可以分为两种情况来把握：（1）"朦胧诗"里的"我"，虽是个体人称但还是有铁肩担道义性质的历史与民族的化身印记，例如舒婷的《祖国啊，我亲爱的祖国》中的"我"。这个阶段的抒情者"我"，虽有"反抗""反思"或"反省"的强弱多寡的区别，然而在抒情立场或姿态上并无太大区别。（2）"朦胧诗"后，所谓"第三代诗人"全面登场,此期的"我"成为真正的个体抒情者。在表现旨趣与风格各异的诗作中,个体的"我"的精神指向多有不同,如反叛主流价值观的"下半身"、消解崇高还原本真的伊沙们、坚持传统诗学判断的"常规"写作等。进入 21 世纪以来,汉语新诗呈现为多元化的存在与发展态势,其中的"我"作为有个人性情、独特诗观和独有艺术理想的抒情者,已成为诗歌创作的既定事实。

在这样的文学背景下,胡的清诗歌中的"我"是哪一种类型呢?虽然有论者认为她的诗存在前期和后期的分别,但是在我看来,无论早晚前后,不同只在于情感关注与精神探索的深、广度,而胡的清诗歌中的"我"一直是统一的,即具有独特性情和自我艺术追求的个体抒情者。更确切地说,胡的清诗里的"我"是一个女性抒情者。

同时,这个女性抒情者"我",并不信奉女权主义的文学主张,亦非反叛传统伦理价值,也不试图解构生活里的"神圣"和"崇高"。她只是走在传统汉语诗歌"缘情言志"的写作道路上,执著于个人的现实生存体验,以现代诗艺传达自我情思和个体感觉,孤独、敏感、细腻,静谧而且柔和。对此,我们可以从以下两个方面,来体会胡的清诗作中女性抒情者的特点。

(1)在意蕴语言指向上,"我"在胡的清诗歌里的基本动作是思考或探索。进一步说,"我"不是简单地赞美爱情和友情,也不是单纯地批判和谴责现实中的"假丑恶","我"只是把观察和感受到的人与事和"我"对此的思索感受冷静地呈示出来。其中有"我"的倾向性,但不是立显对错的判断。读者较容易判别的如《一粒米饭》:

一粒米饭,真小

真小，微不足道

但它晶莹饱满，落在餐桌上

闪着珠玉的光芒

父亲干咳了一声

用筷子捡起来

郑重其事地

送进嘴里

撒饭的孩子低下头

小心翼翼地扒饭

他的咀嚼

变得艰涩起来

诗中主要写出一种生活场景，只在最后一行里用"艰涩"表明意蕴语言指向。"我"没有出场，也没有明确出价值判断，但读者都会在可以感受到的"我看到"的场景和动作中，有所取舍和思考。意蕴语言指向较复杂的如《静物》《睡莲》等。

没有背景

也没有支撑点

琴　在绝对的孤独中

平衡自己

不忍相问

你的弓哪去了

一缕月光

明媚如眼神

纯情地注视着

勾出流线形阴影

四根喑哑的弦

唱不出歌来

这首《静物》以缺少弓的琴作整体喻象，弓没有了琴自然就"唱不出歌来"，琴的价值也就不在了。"你的弓哪去了"，表明"我"在对"琴"发问。"我看到"在明媚月光"纯情地注视"下，"琴"的孤独。值得注意的是，"我"不是琴，"我"只是与读者一同感受着琴的孤独，那是否也是"我"心灵孤独的写照呢？读者可以理解成爱情的孤独，也可解读为人生的孤独感。胡的清有不少像《静物》《睡莲》《晚香玉》《玫瑰的形式》等以事物象征为表现对象的诗作，但她并没有简单照搬象征主义诗歌的"客观对应物"理论，如庞德《地铁车站》那样单纯地呈现客观，而是在摹写象征物的基础上，超越对象本身，突出或隐或显的"我"的主观感受，并使之成为作品表达的主体。这样的主观感受，不是指向客观的判断，而是女性自我情怀的婉曲展露。

即使像《千年之祭》这样，在胡的清诗歌中表现出少有的情感力度的作品，也凸显出个体"我"对生命、对人生价值的倾情感喟：

……

一个本质深刻的诗人

精神与肉体双重负重者、苦行僧

"城市里的苦瓜脸"　他的存在

并未给奉行快乐原则的人们

带来虚妄的福音。但他的消失

却令这个世界

重心倾斜，摇晃不定

诗人之死

为千年伊始蒙上驱之不散的阴霾

不会有第二个诗人转世再生

以悲悯救助之心，替人类有罪的灵魂

承受酷刑。不会再有第二个诗人

用词语的魔力，将地狱硫黄之火

化作天堂光辉，烛照我们内心

幽闭抑郁的深境。而生之惨痛

依然源源不绝，源源不绝

诗人啊，你高贵的歌喉已赋予

青山、碧水和长风，只留下

永恒的沉默，与时光对称

　　强烈的追悼之情以铿锵有力的节奏传导出来，而重心仍在昌耀去世后留下的巨大缺憾，因为"生之惨痛，依然源源不绝"。这是"我"于激情中的冷静思考，凄然里更突出警示的意味。依我的阅读感受，这几乎是胡的清诗歌中表达情感最为强烈的一首了。

　　曾有评论者提到胡的清写于 1984 年的《乌桕树》，认为是作者的

"女性宣言"或对爱情的态度①。我以为这首诗与其说是作者的自况，不如说就是诗中"我"这个女性抒情者早年的自我形象：

> 看见那一棵乌桕树了吗
>
> 山那边，连石头也不生长的
>
> 硬土坡上
>
> 红得醉醺醺的乌桕树
>
> 高举生命之炬
>
> 焚烧晚秋大片荒凉
>
> 你感觉不到它的热量么
>
>
> 请别靠近我
>
> 让我证明
>
> 我是一棵乌桕树
>
> 无须扶持，无须陪衬
>
> 只要有阳光空气
>
> 就能够生存
>
> 而且挺美

在我的感觉里，这棵"无须扶持"的"乌桕树"最初还是烂漫乐观的，而如今则更多沧桑、深沉的情怀了。但独立、敏锐、细腻的诗

---

① 见叶延滨《胡的清诗歌片论》，《当代文坛》1997 年第 2 期，第 47 页；郑艳君《从雾的混沌到光的凝定——评胡的清的诗》，《文史博览（理论）》2010 年第 11 期，第 39 页。

思，仍然留在胡的清的诗歌中。

（2）在语言形式上，女性抒情者"我"在诗中多呈现为"絮语"的形态。絮语，在此意为全篇多为散文句式的娓娓倾诉或诉说，而不是制造整齐匀称的韵律和节奏。如《一碗清水》：

> 生活呵，是盛在碗里的清水
> 一个眼神也能让它起皱！
>
> 生活呵，是往一碗清水里
> 悄悄放进一丁点儿盼头
> 是把心和身子一次次拧紧
> 拧紧了又松开但是要当心呵
>
> 生活这一碗水，得好好端着
> 哪怕被巨大的幸福击中，也不能晃动……

且不说作品的意蕴语言何在，娓娓地诉说所形成的絮语效果亲切、柔和、自然，能够最大限度地缩小与读者的距离感；同时，也能让读者在娓娓倾诉的过程中，感受到"我"的情思轨迹，或者是让"我"的形象逐渐突出。以《当春天来临》为例：

> 有谁比种子更能记住春天
> 严冬刚刚过去，天空还纠缠在
> 阴郁的梦魇里，这些暗藏的燧石在地下
> 擦出静谧的火，温暖泥土细密的

血管神经。这些时间机器上

排列的齿轮，从春寒料峭出发

子弹般穿过所有季节，为大地

分布色彩、清芬和养分

并带回更多种子，幸福地

返回土壤，重温生命初始的记忆

当春天来临，我更愿做一颗种子

受万有之神引领，以植物中任何一种名称

萌发新的生命。我会排除成长的重力

像经验丰富的同类一样，克服

与生俱来的眩晕，不断向上

提升理想境界，或用意志填满

属于自己的卑微空间

让可能收拢的阳光，轻轻

在指尖弹奏蝶翅翩跹的音韵

我不知道，必须怎样才能说动

冥冥中的命运，让我如愿以偿

成为一颗埋藏着春天的种子

不知道该怎样，将生命置于时间转盘

一次次践约死亡，一次次获得新生

每当春天来临，一些朴实的思想

从我内心苏醒，伸出无数枝条指向苍穹

每一片掌纹清晰的叶子，在无限春光里

接近更深的绿。并带着甜蜜的疼痛

一点点，搬出储存在体内的黄金

在这首诗中，第一节写"我"所理解的种子的作用，第二节写"我"愿意做一颗春天的种子，第三节写"我"怎样做这颗种子。全篇要表达的情思，以过程性的絮语倾诉渐次明晰。任何一个读者，只要认真读过，都能体会到"我"的所感所思所愿。与"春天，我往大海扔一块石头""我在春天的筵席上做客"① 表现出来的潇洒和刚性气质比较，胡诗则以女性的柔婉、细腻见长。

值得一提的是，在全篇的"絮语"形态之中，胡的清有时在诗中使用"呵""啊"等语气词，如前面引录的"巴音布努克的夜呵""诗人啊""生活呵"以及"八百里洞庭啊/谁摔碎了，明晃晃的宝镜"（《水乡》）等，由此形成或长或短的咏叹效果，富有抒情旋律，类似于洛尔迦《海水谣》的美学韵味。当然，这样的诗只占胡的清诗作的少数，更多作品还是以委婉含蓄的冷静诉说作为主要抒情姿态。

三　关键词之三：姿态

以我的理解，一个诗人的创作"姿态"应该是其诗歌作品的整体形貌，是情感意蕴语言和传达形式互为表里而呈现出的整体形象特征。

---

① 见《诗刊》2004 年 4 月下半月刊，第 56 页。本期以"'春天送你一首诗'分会场·珠海"为题，刊载了胡的清《当春天来临》、卢卫平《春天我往大海扔一块石头》、丘树宏《我在春天的筵席上做客》三首诗。

胡的清自 1981 年以来的诗歌创作，虽然历经 30 年的时间跨度，但却始终保持着一贯的姿态，已形成较为稳定的个人化创作气质和形象。在此，我愿意把胡的清诗歌的姿态，界定为哲思时的真诚静观。这种姿态的内涵可以理解为：站在一定的情感高度上，面对纷纭世事，以女性敏感、细腻的心态，看近处的人情事理，望远方的苍茫自然与人生。这样的姿态，造就了胡的清诗歌独特的哲思品性。在忧郁、感伤的真情吟唱里，胡的清表现的是对所思考的现实情境中情理和事理的个人化独特感受。例如发表于 2003 年的《在别处》：

> 我在别处
> 在我不在的地方
> 不知道远近，不知道
> 正在或者曾经发生什么
>
> 我常常独处，但
> 并不意味着，常常
> 和"自己"在一起
>
> 在这里，我更像
> "自己"的一个复制品
> 生活在模拟之中
>
> 谁也看不出破绽
> 谁也不知道

　　真的我在哪里

　　这是一首颇耐品读的作品。表面的内容是"我"不是真的"我"，真正的"我"在现实的"我"不在的地方，"我"只是"自己"的复制品，却没有人能看出来。对于读者来说，真的"我"在哪里呢？是不是我们每个人都有一个"在别处"的真正的"自己"？而抒情者"我"是在指出人在生活中的伪饰性、面具化，还是要强调找回真我从而表里如一地活着？不管答案是什么，读者都会因这首诗产生一定程度上的精神触动。而诗中的人生哲思，也是由冷静淡泊的笔致表达出来，几乎不带有抒情色彩。

　　《在别处》不是特例，它所体现出来的诗歌姿态，普遍伫立于胡的清的诗歌作品中。于哲思中怀有真诚地静观，在静观里充满情怀地哲思，无论写事理还是人情，一种冷静而深邃的哲思意蕴语言，以素朴忧伤的主旋律，完美地串联起胡的清30年来的全部诗作。

　　进一步地说，"哲思时的真诚静观"作为胡的清诗歌的独特姿态，是与她作品中的精神向度互为一体的。胡的清诗歌基本上采用求美向善的视角感物观人，爱、美、感动、信念、悲悯、温情、批判……成为其作品不同层面的主题词。胡的清说："我对生活充满感恩之心，它用诗歌喂养了我，使我对一切美的事物产生无尽的爱和遐想。当我用诗的语言将自己对世界的感受与思考呈现出来，就像捧出一个个小礼包，这是生活赏赐给我的，我将它赠与我所爱的人来分享。"① 这可以说是胡的清诗歌创作追求的自我概括。以《美声唱法》为例：

---

　　① 见《生命是一棵结满可能的树》，《常德晚报》2010年6月21日，第7版。

一声鸟啼，紧接着一声

又一声。一串串穿起来

再抖开，大把大把播撒

纯金的种子。我听出是两只鸟儿

在那里一唱一和。就在隔壁

那一对夫妻，平日里总是

恶语相向。仿佛一起生活了

几辈子，早就烦透了对方

森林离我们远去。两只鸟

在城市的肢体上，迷失了形状毛色

甚至属于自己种族的名称

但这并不妨碍我的想象

把他们——我是说两只鸟

在脑海里描绘，挥霍优美的线条

色彩，却始终无法表现

那种琴瑟和谐的音韵

就在隔壁，那一对夫妻

同时拉开窗帘，探出头来谛听

我看见他们抿住嘴唇

温柔地，对视了一会儿

"我"对城市里一唱一和的"两只鸟"极尽想象，也表现不出琴瑟和谐的韵律，正如隔壁的两个人——那烦透对方的夫妻；也许就是由于"夫妻"平日里一直恶语相向，"我"才不能体会两只鸟的和谐唱和。可就在这时，"我"却看见夫妻两人开始温柔地对视。胡的清没有正面赞美夫妻二人婚姻之爱的交流，而是以"我"眼睛里的生活场景——两只鸟与两个人的对比互衬，客观地表现出来。其中，"我"的感受和动作，起着导引读者切近作品主题的作用。或者可以说，隐显于场景里的"我"的感受已经含蕴了主题指向。类似的还如《卑微的善意》《幸福的降临》《云样的雪样的梨花》《布娃娃》《最初的感动》《茶语》《洪讯》等，在胡诗质朴忧伤的冷静歌吟中，显示出主题上的几抹亮色。

但就个人的阅读趣味而言，我尤其喜欢《豆子的旅行》《楼上楼下》这样的作品。在这类诗作里，古典的诗型中蕴涵的是关于现代人生境遇的体验与思考。

砰地一声——
一只玻璃杯子
摔在楼板上。砸碎了
极薄极脆的睡眠

楼下的石英钟
指着凌晨三点二十五分
此时哪怕丁点儿响动
都具有可疑性质

没有别的声音作注脚

楼上那只玻璃杯子

就这样自暴自弃地

结果了自己

不肯将任何人任何事

牵连进去

百思不得其解啊

楼下的石英钟

以极其痛苦的走势

一针针缀补着

漏洞百出的睡眠

现代都市人生的诸多无奈、尴尬，在这首《楼上楼下》里可见一斑。但胡的清对此并没有彻底地采取反叛的姿态，而是选择以柔弱的坚守给予可能的关怀，所以才会"一针针缀补着/漏洞百出的睡眠"。《豆子的旅行》写的是活在都市中的我们，"像几颗没有嚼碎的豆子"在如城市肠胃一样的电梯里"相遇"：

因为距离太近的缘故

几乎看不清对方

脸是一张白纸

任你涂鸦

但每一个人都警醒着

稳操胜券地

把握着适当的刻度

将自己排泄出去

诗人以她反向的思维视角，展现出我们习以为常的城市生活，并没有提供"既然如此，该怎么办"的内容。诗中固然有批判的意味，但因为没有给出"办法"便尤其显得冷静客观。在我看来，胡的清于冷静里突出的是对我们的警示，其中冷峻的诗意俨然矣。再如《墨菊》，诗中的主体意蕴语言是通过母女对话表现出来的。"我"（母亲）看到在簇簇娇黄嫩白中的墨菊，欢跃的心沉静下来，这游移在欢乐主弦里的忧伤的音符，使"我"感到惆怅。面对女儿"这也是花吗"的疑问，"我"回答："这是花"。"当你采遍了万紫千红/偶尔也会跌入/这墨色的惆怅"。作者实写菊的颜色，而虚指人的感情。虚实之间，"虚"的部分才是作品的主旨所在。

因此，在我的感觉里，胡的清的诗歌姿态是孤独的。30年过去，时代环境、社会观念乃至生活方式的变化之大超乎我们的想象，诗人本身也从花信年华迈入天命之年，但胡的清求真向善的诗心却不曾改变。她始终在诗中孤独地伫立着，冷静地观人所未见看人所不察，以宗教般的仁爱情怀把世事人情纳入胸中，用独有的一以贯之的忧伤旋律，倾诉着自己对人生和自然的质朴哲思。

综而言之，"忧伤的古典情调""独特的女性抒情者""哲思时的真诚静观姿态"，是我在阅读胡诗的过程中，为解析胡的清诗歌找到的自以为可行的三个切入点。当然，也可以从文化身份、创作技法、风格属性、写作资源、语言构成等方面来读解胡的清诗歌。因为，好的文学作品，是值得我们从不同角度、不同层面并以不同标准来不断地赏鉴评析的。对于胡的清的诗歌创作，我们应该也需要做出这样的努力。

唐不遇诗歌印象

唐不遇，原名张元章。男，1980 年生于广东省揭西县坪上镇樟树下村，客家人。2002 年毕业于中央民族大学语言学系，在珠海特区报社工作至今。大学时代开始写作，出版有诗集《魔鬼的美德》、诗合集《刻在墙上的乌衣巷》。先后有大量作品入选《60 年中国青春诗歌经典》《先锋诗歌二十年——谱系与典藏》《21 世纪中国诗歌档案》《21 世纪诗歌精选（第二辑）·诗歌群落大展》以及 21 世纪各种年度诗选①。曾参加诗刊社第 26 届青春诗会。先后获第十九届柔刚诗歌奖新人奖、中国文学现场"月度作家"奖、珠海市第四届文学艺术"渔女奖"文学类一等奖。

一　克制"暴露"，或理性"批判"

2006 年 10 月底，在忙于准备单位一个文学活动②的相关事务时，

---

① 引据《珠海经济特区三十年文学作品选·诗歌卷》中唐不遇的作者简介，珠海出版社，2010 年 8 月，第 179 页。

② 2006 年 10 月 28 日，北京师范大学珠海分校国际华文文学发展研究所正式成立。仪式后，举办了"洛夫诗歌朗诵会"和"国际华文文学发展研讨会"。数位两岸四地及海外华文诗人到会。胡的清、卢卫平、唐晓虹、周野、唐不遇等珠海诗人应邀参加了相关活动。之后直到 2011 年 11 月，在白先勇、余光中、郑愁予、叶维廉等著名诗人与诗学家到访的活动中，珠海诗人均有参加。

我从珠海作协提供的参会名单上看到"唐不遇"三个字。名字特别，因而好记，却一直没有读过他的诗。活动期间举办洛夫诗歌朗诵会，始见其人：年轻如刚毕业一两年的大学生。年轻也没有什么，但他背的包一直让我印象深刻。那是许多年前解放军士兵挎在肩上的绿色帆布包，晃荡在唐不遇身上的时候，似乎是故意做旧的样子，包上好像还有一颗红五星。就是这个挎包，让我顿然失去了"读读他的诗"的想法。几年后，我才知道类似的"扮相"叫做"潮"。后来又有几次较远距离的碰面，那个挎包没有了，感觉里也就视同旁人。可能是由于离生活的"青春"越来越远，我越来越以为各行各业的"高手"应该是隐于市践于行，大可不必自己戴个徽章或贴个标记。这是我对诗人唐不遇最初的印象。

又过去近5年，我为工作计拟申请珠海市的一个社科项目，琢磨论题时在网上翻拣珠海的作家作品，才知道唐不遇原名张元章，"不遇"来自贾岛的《寻隐者不遇》，而"唐"姓自然也因为唐朝是诗歌盛世。这种间接材料的认定，不知道是否果真如此。不过我以为"元章"似乎也有典故，没有太多文化恐怕想不出这名字。相反，倒觉得"唐不遇"有点愣。这是我对他的进一步印象。

待无意中看到陈仲义对唐不遇《梦频仍》一诗的评价①，我开始侧目于这个当初的"潮人"。一是我相信陈仲义"倔真而不媚"（我个人的感觉）的诗评性格；二是在我的诗歌阅读视野里，还没有见过类似《梦频仍》这样写法的作品。

　　人们更多在电视荧屏上

---

① 见《读黄土和唐不遇的诗》，《文学教育》（上）2009年第11期，第153页。

而不是天空中欣赏月亮，
她不是我们漂亮的女主角，
不会流泪、说谎和做爱

不结婚的女人越来越多，
她们既不是处女，也不是
独身者，她们的伴侣
是长着巨大阴茎的城市：

床前明月光实际上只是精液，
将在早晨被擦去。当我们
躺在床上，除了触摸对方的身体
黑夜永远是虚幻的

天空，再也制造不出
永不过时的沉默的偶像。
一只苍蝇停在城市冰凉的脸上，
他从一个激情的喷嚏中醒来

每天，如此准时，垃圾车
像一颗心脏突突跳动，
把我们的身体运载到焚烧炉里；
而我们却为焚烧炉装上空调。

纯粹的自然离我们越来越远，钢筋水泥的高楼大厦遮蔽了天空，人们感受不到月亮的清辉了，月亮只是一种人工制造的图景；人的本真情感没有了，城市里的女人变为空心；人们只保有着欲望，追求欲望的实现和满足，所以明月光变成了精液；我们没有了追寻的理想、目标和追寻的动力，我们精神麻木，灵魂一无所依。即使这样，梦醒后的人们，还把一夜欲望的尸体交给时代的"垃圾车"送到"焚烧炉"——城市开始了周而复始的清洁工作。因为我们每天都在制造精神的垃圾，故而为保证焚烧炉的正常运转，我们还要为它装上空调。一天天过去，焚烧炉的工作依旧，我们制造的精神垃圾依旧。这是生活的常态，直到我们的肉身也被焚烧。

这首诗的主题并不新鲜，夺人眼目的是赤裸裸的传达方式。"女人""处女""做爱""巨大阴茎""精液""触摸身体""苍蝇""垃圾车""焚烧炉"等语词构成断续的图像，自然的月亮已是遥远的背景，黑暗的夜里发生的一切都是形而下的不堪和不洁。而天亮后的景象，却是如同城市心脏一样的垃圾车所做的清洁。垃圾车的工作与人们制造垃圾的生活相互依存，而我们并没有警醒和反思。就诗中的表意语词来看，是一种直抵事实本相的写法，即把作者对现实的观察体悟，以最直接的生活命名有力度地"暴露"出来，撕破惯性的伦理性面纱，不再装饰遮掩。另如《坟墓工厂》：

乡村变成了城市。

坟墓变成了工厂。

卑微的变成高傲的。

沉默的变成大喊大叫的。

我不知道在深夜仍然传来的

　　这些吼声，是机器

　　还是亡魂发出的——

　　那广阔墓地无数的死者

　　已附身于每一个

　　流水线作业的工人

　　带着被剥夺的愤怒和苦闷

　　生产出衣服、鞋子

　　此刻就穿在你身上。

　　乡村不再，逝者的栖息地也被征占改建成工厂。仿佛死者亡魂附身的工厂流水线上的工人们，没有或不能愤怒和苦闷，而他们的劳动就是我们穿在身上的衣服和鞋子。作者在此以跨度很大的联想，给读者指出自己感受到的现实——工业时代的生存本相。在以上两首诗里，唐不遇并没有表现愤怒与控诉，他只是以自己的言说形式"暴露"而不是"显露"事实，进而延伸到理性地批判现实的效果。细辨之，我们会发现唐不遇先是有力度地"暴露"本相，之后又会在诗的结尾收拢已经展现开来的"愤怒"或"谴责"，引读者进入关于自身生存行状的思考，如"而我们却为焚烧炉装上空调""此刻就穿在你身上"这样的结尾。把自己的"发现""暴露"给读者形成认识层面的冲击，继而再把读者牵进来，考量现实也思考自身，理性的批判意识既来自作者，也让读者参与，应该成为唐不遇诗歌的一个重要特征。

　　当然，唐不遇诗歌不只是先"暴露"后"收束"，也体现为全篇都是自我对现实"发现"的感受思考性表达，如《我寻找一切貌似鸟的东西》：

　　我寻找着一切貌似鸟的东西：

小小的脑袋，尖而弯的长嘴，

一双带有利爪的细脚，优美的双翅。

一切貌似鸟的东西齐声哀鸣。

我寻找着一切貌似人的东西：

站着走来走去，手中握着什么，

窃窃私语，嘀咕着森林听不懂的语言。

一切貌似人的东西步上高楼。

在我看来，这是一首很见功力的作品。"貌似"可能不是，也可能就是。"我寻找"是因为不见或没有，"貌似"是感觉感受，而"一切貌似鸟的东西齐声哀鸣""一切貌似人的东西步上高楼"则成为揭示意旨的主题句。是什么使鸟"貌似"鸟使人"貌似"人呢？或者，鸟非鸟人非人的原因在哪里？答案就在现实中，读者可以接着作者的"寻找"来寻找，而寻找的方式就是思考。

纵观唐不遇的诗歌，类似上述的作品占据相当的数量，如《衰败的孔庙》《时代》《广场上的鲜花》《爷爷的恐惧》《街头记录者》《在医院》《吸尘器》《中国动车：七月二十三日记事》等。诗歌评论家熊国华认为："唐不遇以一种后现代的解构姿态审视一系列社会问题，现实在他的诗歌中通常会产生不同程度的变形，通过这种变形使事物的本质更加清晰地呈现在我们面前，让我们在感到震惊之余进入沉思。"①

---

① 见《唐不遇诗歌及点评》，《诗选刊》2009 年 Z1 期，第 47 页。其中选载了《香气》《晴朗的日子》《给女儿》《天台的花园》《寒冷的早晨》《爷爷的恐惧》《骨头》《天堂之宴》《在医院》等九首诗。

这样的评价道出了唐不遇诗歌的部分秘密：以解构（批判）的姿态面对"社会问题"，以艺术的变形呈现事物本质，让读者因有力度的"暴露"而震惊，进而思考。但我以为，唐不遇的诗歌面对的不全是"社会问题"，更谈不上"一系列"；现代性的艺术"变形"也令读者不容易"清晰"理解和把握作品意蕴语言，因而造成不少诗歌读者的阅读障碍。

二 书写"思考"，或"存在"之诗

如果以"诗言志"和"诗缘情"的汉语诗歌传统来考量的话，唐不遇诗歌大体属于前者。撇开中国古典文论研究一直以来对"志"与"情"的学术激辩，我以为"言志"的写作主体偏于客观，"缘情"则更多于内心感受体悟的情致性表达。虽然二者可以互为一体，但在作品的整体感染力和表现效果上，创作主体要"心懔懔以怀霜，志眇眇而临云"①，要在主体对客体的审美观照中表现诗人的独特情感，进而使之变为意味无穷的审美情趣。而且，也正是在这样的汉语诗歌创作背景上，千百年来逐渐养成了中国诗歌读者的审美习惯：不管意蕴语言多么深奥复杂，作品由独创的语言形式构成的外在形象，都要显现出诗美及由此生发出来的意蕴语言指向的多种可能性。所以，无论学者们怎样多层面地阐释李商隐《锦瑟》的主旨，也丝毫不影响读者以自己的感受保持对这首诗的欣赏与喜爱；"九州生气恃风雷，万马齐喑究可哀"（龚自珍《己亥杂诗》第220首）这样的诗句除开与时代相映衬的社会政治意义，学者之外的诗歌读者甚少知晓作者的其他诗作。清末诗歌越

---

① （西晋）陆机：《文赋》。

来越缺少诗美，或许也是白话新诗诞生的主要原因之一，尽管不少论者不愿意承认。五四运动以后，新诗经短暂的实验期较快地过渡到汉语诗歌审美传统的道路上，虽然不再有古代汉语诗歌韵律的整饬，但追求诗美的努力一直不曾间断。在我的文学史印象里，只是到了20世纪80年代末期，汉语新诗的诗美创造才出现不同认识与多元状貌。

基于此，以近20年来汉语新诗创作的实绩看，诗歌作品的整体表现效果大体可分为"情"与"思"两大类。事实上，更多的诗歌表现处于亦"情"亦"思"和"情""思"相融的状态。估衡唐不遇诗歌，我以为应该属于"思"。如果对比卢卫平、胡的清的诗歌创作，卢诗多"情"，胡诗"情"与"思"交杂，唐不遇诗歌则在"思"的一端。

> 黄昏的鞋子东一只西一只，
>
> 被脱在黑夜的床前。
>
> 门虚掩着，轻轻一推就开了，
>
> 一对回到寂寞位置的
>
> 舞伴：
>
> 青草从他们的脚印长出，
>
> 一群自由地
>
> 保持着优美舞姿的青筋。
>
> 从泥土中可以听见
>
> 蚯蚓那断成两截的音乐——
>
> 嘘，别惊动他们。钥匙躺在草丛里
>
> 被狗舔得干干净净
>
> ——晚上，它能凭借磷光

找到那黑暗的锁孔。

这首《骨头》①显然无关于"社会问题"。但它的意蕴语言所指，对于如我这样的读者来说则颇费猜度。开头五行尤其是头两行写出了一种很美的情境，有洛夫诗歌的味道。细究的话，"黄昏"的一侧是白昼，另一侧是黑夜，"东一只西一只"里的方向词，是指太阳东升西落？"黄昏"的两只鞋是指昼与夜吗？"寂寞位置"是哪里呢？有诗人说就是指黑夜②，我以为应该是"黄昏"为宜。黄昏是寂寞的时刻，也

① 《骨头》有两个版本。按作者自己在新浪博客里的标注，该诗写作时间为2008年12月。上文引录的版本见于2011年11月27日的"唐不遇的博客"，显然是修改后的文本，变动较大。像这样较大幅度的修改，也见于《在沙滩上遇见一条鱼》《泉》等，某种程度上可见作者"苦吟"式的"书写"状态。发表在《诗选刊》2009年Z1期里的《骨头》如下：

> 它虚掩着，轻轻一推就开了
> 像一对舞伴无声地分开。
> 他们回到原来寂寞的位置
> 中间隔着一座荒凉的院子，
> 青草从他们的脚印长出
> 仿佛保持着优美舞姿的青筋。
> 戛然而止的音乐，化作泥土
> 等待下一阵风起。
> 黄昏像一双鞋，
> 被脱在黑夜的床前。
> 嘘，别惊动他们。钥匙躺在草丛里
> 被狗舔得干干净净
> ——晚上，它能凭借磷光
> 找到那黑暗的锁孔。

② 《牛通之读我的两首诗》，见"今天论坛·唐不遇的个人空间"：http://www.jintian.net/bb/viewthread.php? tid=46327。

是寂寞的方位。所以，脱在黑夜床前的鞋留下的脚印里，才会有自由的青草优美的舞姿，才能在寂寞的沉静里听到蚯蚓断成两截的音乐般的节奏。"嘘，别惊动他们"一句，显出寂寞、寂静的时空中，有美妙的动感十足的"舞"和"乐"。动静之间，"钥匙"躺在草丛里，已被狗舔得干干净净，这"钥匙"就是标明诗题的"骨头"。因而，作为钥匙的骨头才能在晚上，借着本身发出的磷光，找到黑暗的锁孔，打开黑夜的门。解析至此，我们还是疑惑——唐不遇要在诗中表达什么呢？

如果就诗题的暗示来说，"骨头"在唐不遇这里似乎象征着死亡。这是一首关于死亡的诗，它不是指具体的人与事的死亡，而是对死亡这一生命律动的必然要素的感悟与思考。死亡对于生命是终止也是新生，所以死亡也是生命旋律中的美丽音符之一。如此，《骨头》对死亡的表达就具有了哲思的意味，没有赞美，也没有悲怜，显露出来的更像是童蒙初开时对死亡的辩证理解，毫无老成持重。同类的诗作还如《树洞》《在沙滩上遇见一条鱼》等。

唐不遇曾在一次报纸访谈中说："近两年我涉及最多的题材就是死亡。死亡意象以一种缤纷的方式进入我的诗。这与感受力有关，更是对生命的深入思考吧。在写作中，似乎有一种神秘的东西在触及我。它掌管的领域更大。在这个神秘几乎宣告死亡的时代，我希望我的写作能使神秘复活，获得语言的开阔、野性和新的生命力"[①]。的确，死亡是残忍的不可知，自然也就含蕴无尽的神秘。问题在于，不管作者创作的初衷如何，一首诗需要"讲解"之后才能让人领悟诗思所在，这对于读者和"讲解员"不啻于心智的折磨。或许还有"发现"意旨的快感，

———————————

① 《唐不遇：能让我永久快乐的，那就是诗》，《南方日报》2012年5月6日，A10版。

但在持据诗歌审美惯性的读者那里，"发现"的诗思须具备"人人心中有，人人笔下无"的特性，也即要有新意，甚至是振聋发聩的穿透力和冲击力。诗歌中要有哲学，但哲学不是诗；哲学以逻辑推导得出结论说服人的理智，诗歌则要用艺术的形象打动人的情感。

当下的部分诗歌写作，我以为某种程度上是小圈子里的自说自话、自娱自乐，"看不懂"或"很难看懂"是这类诗作的显明标记。曾读过家乡内蒙古一个渐具名气的诗人之作，诗中一个意象语词我无论怎样也想不出是什么，就电话问作者，被告知是 QQ 农场游戏（以农场为背景的模拟经营类游戏）里的一种小动物形象，我只好回答"贵诗很闲，耐人琢磨"。读唐不遇诗歌，有时也有直接问询作者的冲动。我这样说不是指责唐不遇，但他的诗歌的确存在着晦涩难解的不足。实际上，就我个人的趣味，我更愿意接受熊国华所说的唐不遇"审视社会问题"的作品。唐不遇诗歌的哲思品质难能可贵，但在部分作品传达哲思的形式通道上，却常常被作者不自觉地设置了一些小篱笆。

我注意到，对唐不遇诗歌的单独评论很少，这或许与"讲解员"难做有关。在几篇关于唐不遇诗歌的评介文章里，我以为同是 80 后诗人的阿斐对唐不遇诗歌的评价最为精当。阿斐认为："唐不遇是一个沉思型的诗人，并且一直流连于沉思中。他的诗作，往往都浸透着'思想'（所思所想），而无关灵感，甚至无关不得不表达的写作冲动。所以他很少'抒发'（有感而发），而是'书写'（因'思想'而写）"[1]。

---

① 见《唐不遇：增加一盏灯》，金羊网，2007 年 2 月 7 日。http：//www.ycwb.com/xkb/2007－02/07/content_ 1378648. htm。

"书写"思想，就要为其找到恰切的语词形式。这与由客观物象引发的直接感受不同，须在隐约的、不确切的"所思"基础上，找到对应的形象和语词。我感觉，唐不遇在"书写"思想的时候，可能需要苦苦寻觅语词和形象，以求思与形有机一体。为此，唐不遇应该是一个"苦吟"诗人。例如《骨头》里的"青筋"，在我作为读者看来，好像不是最好的一种表达。换言之，在不断持续的"书写"实践中，诗歌"思"与"形"如何互为表里有机相融，应该是包括唐不遇在内的现代诗作者共同要面对的问题。

当代中国的现代主义诗歌创作，无论是"写什么"还是"怎样写"，来自西方的影响远远多于对本土传统的承继。对西方哲学与诗学理论及诗人作品的阅读接受，不仅转变了诗人创作的观念，拓展了诗人关注世事人情的视阈和层面，也在一定程度上限制了诗人"怎样写"。20 世纪 50 年代后台湾的现代诗运动，其发展轨迹和结局应为很好的镜鉴。现代诗人们后来的纷纷回归，体现在"怎样写"上。因为汉语的特殊属性，如同文化 DNA 一样，已成为汉语诗歌的根本。这就决定了汉语诗人不管写作的内容多么深刻，其表现形式均要具备诗的特质。唐不遇诗歌更多的是表现哲学意义上的"存在"，即人在生存中已经、正在和可能面对的种种精神境遇，以及对这种种境遇（存在）的个体感受。前者是哲学本身，也是诗的内涵或主旨；后者则为诗，是诗歌的整体艺术效果。如：

> 我要说的不是他的小说，
>
> 而是他的诗。故事惊险、
>
> 有趣，叙述却单调，沉闷，

即使他聪明又勤恳。

他一生写过两首诗，
看起来，全部都像点缀：
一首写完就丢了，
另一首他想吟记而有心无力。

他的小说像生命那样冗长，
他的诗却简短无比值得夸奖：
第一首还是一声长啼，
第二首，就只花了
比一眨眼还少一半的工夫。

这首题为《小说家》的作品，意蕴语言并不深奥，表层意指人生一世，出生和死亡是诗，活着的阶段是小说。有意味之处在于，"出生"和"死亡"都像生活的"点缀"，前一首很短"写完"就丢了，而"死亡"更短又无力吟记，人所执著的"小说"阶段虽惊险有趣，过程却单调沉闷。这是一首没有"篱笆"的佳作，其价值以我看来，不在于写出人生一世的状态，而在于唐不遇对这样的人生状态带有幽默色彩的个体感受：每个人都是小说家。在此，与其说是思想发而为诗歌，不如说是通过恰切的艺术形式表达出来的思想魅力，或者说是诗歌的整体表现效果。

唐不遇说自己受叶芝、奥登、拉金、米沃什、阿米亥等西方诗人的影响比较大，也认为在"某种意义上，我的写作的确呈现出'沉思'的特质。新诗和古体诗都追求独特感受的瞬间表达，它们的区别在于，新诗受现代哲学的影响，更追求复杂性和深度"①。对现代诗歌而言，"复杂度和深度"十分必要。这缘于人类整体面对的难题愈来愈多，生存愈来愈复杂化；也由于刚刚从农业社会往外走的中国人，在追赶西方发达生活的路途上感受到的精神窘迫、仓皇、无奈、困顿等使然。从这个意义上来看，唐不遇们的创作是时代所需。然而，依我的有限识见，如同毛泽东所主张的中国气派、中国风格一样，因民族现状、文化传统、思维方式等的事实差异，现代汉语诗歌应该也必须走出自己的新路，而非亦步亦趋。幸好，唐不遇的诗歌里有他自己：一个"沉思"的人生探索者形象，热情、率真、执著，当然也有着痛苦。

三 源自思想，或止于语言

唐不遇曾感慨："现代诗缺席主流阅读，这的确是很大的遗憾。想想盛唐，美妙的诗篇口口相传，这样的时代似乎一去不复返了。"诗歌尤其是现代诗较少读者，在诸多主客观原因里，有一点唐不遇可能没有意识到，那就是现代诗的语言表现形式。执着于思想的深刻，缺少语言形式的中国化营造，"难读"或"不好懂"的藩篱阻挡了读者的接近。但唐不遇对此很有信心，他接着举例说："海子的诗能够得到广泛流传，证明时代依然需要诗歌。2009 年 3 月 28 日，我和朋友举办了一场'面朝大海，春暖花开'——纪念海子逝世二十周年诗歌朗诵会，就在珠海的海边。那天来了很多诗人、市民和学生，大家纷纷上台朗诵，有人专门朗诵了献给海子的诗。还有一个来自海子家乡——安徽安庆的年

---

① 《唐不遇：能让我永久快乐的，那就是诗》，《南方日报》2012 年 5 月 6 日，A10 版。

轻游客，也现场朗诵了海子的诗，场面动人。"① 这例子说明诗歌仍有读者喜爱，但唐不遇可能还是没有意识到，读者喜欢的是海子的诗。喜欢海子的诗，似乎不是因为他狞厉的死亡形式，而是海子诗歌独具的温煦、悲悯、忧伤的人生情调和语言形式。海子的诗歌多"情"，"情"中有难以把握的复杂的"思"与"想"，读者只需通过特有的语言形式把握海子诗歌的基本情调即可。这也是诗人杨克主张的汉语新诗具备"流传性"的必要条件。假如海边举办的是艾略特的汉语译诗朗诵会，恐怕参加者除了几十个诗人外，还有十几个学者，仅此而已。个中因由，自然无须多言。

在我的阅读感受中，唐不遇的部分诗歌如果与海子的相比，尚要继续锤炼中国化的语言形式，以使作品进一步完美。虽然他强调自己"比较注重诗歌的呼吸感和形式感，即使在最激烈的诗中，我也力求让语言显得凝练、克制，从而更具有一种内在张力"②，但这只是"书写思想"的既定步骤。以《在沙滩上遇见一条鱼》为例：

> 在这狭长的沙滩上有一条鱼，
>
> 它遇见我时不知为什么
>
> 把头深深埋进沙里。
>
> 它的尾巴
>
> 和一只失散的鞋挨在一起。
>
> 让我们一起讨论
>
> 海水和沙子的相似性。
>
> 我把它挖出来，而它瞪着我：

---

① 《唐不遇：能让我永久快乐的，那就是诗》，《南方日报》2012 年 5 月 6 日，A10 版。

② 《唐不遇：能让我永久快乐的，那就是诗》，《南方日报》2012 年 5 月 6 日，A10 版。

透过沾满沙子的目光

我看见了圆鼓鼓的海水。

因为渴，我从海里爬上岸，

而你却死在这里。

此刻，我们都赤裸着，身上都有

一股咸腥味

并露出相同的刺①。

---

① 这首诗载于《诗刊》2010 年 10 月号下半月刊。在 2011 年 11 月 27 日"唐不遇
的博客"《死亡，一首动了小手术的诗（6 首）》里，标注的写作时间为
"2006.11"，所以贴在博客中的应该是最后修改稿。按此，笔者在正文第三部
分里对第三节的疑问就不存在了，但作品还是有推敲的余地。"唐不遇的博客"
中修改稿如下：
在这狭长的沙滩上有一条鱼，
它遇见我时不知为什么
把头深深埋进沙里。
它的尾巴
和一只失散的鞋挨在一起。
我们都赤裸着，身上都有
一股海水的咸腥味
并露出相同的刺。几分钟前
我因为渴而从海里爬上岸，
你因为渴而死在这里。
也许我们应该一起讨论
海水和沙子的相似性。
我把它挖出来，而它瞪着我：
透过沾满沙子的目光
我看见了圆鼓鼓的海水。

诗的第一节写"我"与一条死鱼相遇在沙滩,鱼头扎进沙里,鱼尾与一只鞋挨着。场景交代中,"失散的鞋"是闲笔,以避单调。第二节里,"我"要和死鱼对话,讨论海水和沙子的关联,可是"我"却在死鱼沾满沙子的目光中,"看见了圆鼓鼓的海水",大海的形状也是鱼眼睛的形状了。这两行有神来之笔的韵味,死鱼目光里的海水是家的方向,是生的归宿。作者在此写出了对死亡也是对多舛命运的悲悯,是全篇的蕴涵所在。第三节中的"你"指死鱼,"我"又是哪个?"我"不是前两节中的"我"了,因为"我"是从海水中爬上岸的。是沙子?怎么会"露出相同的刺"呢?是另一条鱼又来寻死,还是死鱼在自白?若是死鱼在和前二节中的"我"说话,那"你"指什么?如果删掉第三节,"我"和死鱼的讨论就没有结果了吗?我感觉,作者是在矛盾纠结的状态下,雕章琢句地写下了这首诗。

同样是书写关于死亡思考的诗,我以为《很多人不是死了》在整体效果上,远好于《在沙滩上遇见一条鱼》。

> 很多人不是死了,而是消失了,
> 有一天又出现在你眼前,
> 给你惊喜和回忆,或者尴尬和沉默。
> 他们不会像鬼一样吓你一跳。
>
> 很多人不是死了。很多人
> 根本没出生。
> 他们找不到这个世界的子宫,
> 就像另一些人,死无葬身之地。

在生与死的矛盾对立中，唐不遇更愿意表现死之于生的意义。臧克家曾写"有的人"的生死价值，偏重于社会意义；唐不遇则写"很多人"的死与生，强调的是生命意义。第一节里关于生命的感悟，在第二节里得到升华。浑然一体的沉静表达，含蕴着深厚的悲悯诗意。再如《我们不是铁钉》：

> 我们不是铁钉，是木钉。
>
> 会变钝，但不会生锈。
>
> 会断裂，但不会弯曲。
>
> 会腐烂，但依然尖利
>
> 埋伏在灵魂的树中。
>
>
> 我们不是铁钉，是木楔。
>
> 制家具时，需要提前
>
> 在木头上画线，凿眼，楔入，
>
> 而不能直接钉入
>
> 借助于一种爆发力。
>
> 仅仅一次，也是最后一次
>
> 在一位巧匠手中
>
> 为了打制一件家具、一扇门
>
> 我们被榫接得
>
> 那么坚固，灵活，完美。

这首诗写的是一种人生的状态，或者说是健康人生应该持有的状态。我把其中的诗意定位在肯定。诗中类比意象联想贴切，构筑合理，可谓言有尽而意多样，堪称唐不遇诗中的佳作。除本文例析的诗歌外，类似的成功作品还有《寻隐者不遇》《泉》《妻子》《月亮》等作品。如《泉》：

一口泉感到孤独
因为它不知道
它和遥远的大海的联系。
一个疲累的旅人在水面
看见自己的脸，
然后亲吻自己。

一只蜻蜓来到这里产卵
不久和无名野花一起死去。
在寂寞的水草中
一枚鸟蛋轻轻破裂，
白色寂静裹着黄色鸟鸣
一齐涌出。

我的工作是漂洗落叶
直到它们彻底干净，
我的报酬是倒映的白云——
天空那衰老的墓穴，和我一样
无法闭上泪水盈眶的眼睛
停止观看消逝的东西。

来自陆地深处的泉是孤独的，它离大海太远；疲累的旅人俯身喝水，仿佛在亲吻自己。蜻蜓产卵后，与无名野花一起死去；同时新的生命也在孕育并且降生，"白色寂静裹着黄色鸟鸣／一齐涌出"，静中有动，白色寂静中有生命的消逝，黄色鸟鸣里又涌出新生。对于读者而言，前两节写第三者视角中静谧安详的生命节律，淡泊超然。第三节是"泉"和读者说话："我的工作是漂洗落叶"，而落叶喻显死亡，它是新生的另一种形象，应该与新生命一样洁净。泉和天空为伴，既为生命的消逝也为生命的诞生而泪水盈眶，因为悲悯和欣悦都可以让我们流泪。"泉"不但在漂洗落叶，也在洗涤着人心的尘埃。

以上例举，意在强调唐不遇诗歌"思""形"统一、言意一致的整体表达效果。事实上，在绝大部分作品中，唐不遇一直很注意诗歌形式的建构。如他多在诗中分节，各节的诗行数基本相同，诗行的长度大体一致，进而对诗行之中和之间的标点也非常用心。以我的阅读体会，唐不遇是一个对自己的诗歌十分负责的青年诗人。他的不少作品看似放纵恣肆、桀骜不驯，但在语言形式上我觉得他尤其小心翼翼、中规中矩。或许这与他"沉思"的"书写"有关系，然而有谁规定"思"和"想"不能"抒发"呢?! 不仅是诗歌，所有的文学样式都止于语言，包括我的这篇评论。所以，"破"与"立"的辩证法，适用于诗人唐不遇，也应该适用于我本人。

"异乡诗人"——傅天虹

一　速度

　　从 2006 年起，傅天虹成为我感觉里速度最快的人。这之前，我对速度的认识，仅限于道路上的汽车和田径跑道中的竞赛。飞机更有速度，可我只能坐在里面感受时间，而无法体会位移的频率。傅天虹来了，庸常的日子顿时有了速度的动感，他让我难以在生活里从容地端坐。最初，我惊讶他说话的速度——不断的话题、不停地说，无论饭桌旁还是路上偶遇。接着，吃惊他走路的速度——步履匆匆之外，星期一在珠海，星期三在北京，星期五又到了台湾，而星期日见面时，他告诉我，中间还去了趟陕西。越来越相熟后，我开始感慨他总是有新想法、新主张，而且都是为了做好同一件事。这件事做完，立刻有了第二件、第三件……2009 年里，常常是我还在琢磨他想法的可行性，他已经把那些想法变作一本本书，拿来送我。

　　6 年多来，我恐惧傅天虹的速度，因为这令我疲惫，思想和行动渴望歇息而不能。与他共事，总觉得身后挥舞着一根霸道的鞭子，不敢随便停下来。但我理解他，也更敬佩他：他所有的速度都是为了诗歌。我越来越清晰地感觉到，他的速度是一种真正的坚守与执著。我没有见过第二个如他的诗人。在常人所不察的充实里，我知道这样很劳苦。

二 杨来顺或命运

1949 年，傅天虹如果没有被母亲寄养在外婆家，大概也不会叫杨来顺、不会做木匠了。我现在也常常很幼稚地想：人的命运真是奇怪，总是由某种可憎恨的力量牵引着，改变我们人生的方向。傅天虹若不是弃儿，后来会做什么呢？这样假设下去，显然可以无限成多种可能。而傅天虹只有一种可能，就是杨来顺，是木匠，是流浪的行者。

傅天虹早期的诗，大都写个人对苦难命运的抗争意志和乐观精神。《耕》《雪松之恋》《落叶》《尽管》等，今天在我看来，只是傅天虹作为诗人的成长期写作。价值在于，是个体性的人生旋律，并融合着流浪者的沧桑。

这使傅天虹的诗，从开始就有别于当时千口一音的时代抒情——我们都熟悉的"民族唱法"。

三 粗糙与精致

一次，傅天虹穿了件类似军装的墨绿色衣服，有很多大小口袋，款式怎么看也看不出时尚来。照理，以傅天虹目前的实力，似乎不应该拣什么穿什么吧。傅天虹有点不好意思，他解释说：是夫人以前做生意剩下的压仓货。这以后，他没有再穿过那件衣服，但也仍然没有穿出什么精致和名贵。至少在我感觉，他的日子过得很粗糙，或者说随便更准确些。这些年，以我这个移居在珠海的北方农民眼光，看到了太多精致的人和精致的活法，效仿而不能便有说不出来的压抑惶恐，这让我很真实地小看自己。而在傅天虹那儿，坦然与从容却如国旗般飘扬在他的粗糙里。这是真正的自信，根源于他的另一种精致——以精致的形式对世界与人生的诗性把握。

在形式上，傅天虹诗歌独特的音质和旋律，成就了一种别样的精致声音。钟磬的传统之音，圆润、清脆，有温和的回声，会在感觉的空间里久远地荡漾开来。

听风听雨

听三月

在画栋的飞檐

挂一轮黄昏

树在叹息

吹落的叶子如同

少女风干

不再拥有春天

金鱼缸破裂于偶然

失去形状的水

流浪

成了唯一的语言

何时炊烟才能丰满

我期待一部诗丛

能用梦中纯白的和平鸽

设计封面

我觉得，这首《残雪》透露出的刻意和精心，显现于傅天虹所有的诗歌中。一直以来，他都在精致着，或者说追求着精致。

四 泪

傅天虹诗歌的泪腺比较发达。读他的诗，从"泪花""泪滴""泪雨"到"泪河"，所有的意象都在流泪。你时不时会感觉到不同程度、不同范围的湿润、黏滞、苦涩，有质感。我通常认为，以泪传情固然能感人，但最好不让泪流出来，只噙在眼里或者悲悯、宽和地注视众生，是不是更好？然而，如果傅天虹的诗里没有了泪，却有些做作和矫情了，因为真实的人生绝不仅仅是电影里的硬汉，比如早年的高仓健。现在我看到，一个有血有肉的充满了苦难意识而又不甘屈从的男人，坚定地站在诗中，成为傅天虹诗歌的抒情灵魂。正是由于这个真实的人的存在，傅天虹的诗才一直活着，活的很有力量。

一个小诗人

开了一个小书店

挤进南湾

挤进灰白

挤进压顶的石屎森林

能生存吗？

你挤进十二月的澳门

挤进人们

冷冰冰的

眼睛

不必追问结局

我要告诉你

是诗人最后一颗眼泪

映亮了

小岛夕阳

这是有力量有信心的泪，是悲壮的泪，也充满寂寥、温情与博大的人生关怀，所以诗题为《奇迹》。我觉得应该是这样的。

五　草和草根

草弱小，却是世间最坚强的生命之一。阳光、水、土壤共同创造的草，因植根于大地而获得永不衰竭的勃勃生机。傅天虹的众多咏物诗，基本上都传达出一种草根心态，形成隐伏于他全部诗歌里的基本抒情旋律。洛夫说：傅天虹的诗都是他人生历险而来的酸苦①，这道出了命运

---

① 见龙彼得《傅天虹论》，《当代诗坛》第 51～52 期，第 109 页，香港银河出版社，2009。

或人生遭际对他创作的至深影响。挫折、磨难、苦痛没有使人沉沦，而是以宽容的胸怀去不屈地抗争和乐观地创造，"在逆流中奋勇上游"。借此，读"受苦受难，它从不计较，／仍把活力输送到每片叶梢。／用芽，传播春天的讯息，／用实，迎接金秋的来到。"（《野草》）等诗句，就不难领悟其中的意蕴语言。为评家引用较多的两首，一为《落叶》：

悬挂在枝头沉思默想

望着这一片生它养它的土壤

最后的时刻如此平静

风中悄然飘落地上

生长发育时少了点营养

风风雨雨中多了点霜寒

我没听见它的怨言

大树的根部它溶进泥香

一为《并非含羞的草》：

没有惹火的鲜红

并不性感

不是会唱歌的鸢尾花

仍有风险

被脚

逼到狭窄的路边

牛奶树已被强暴

伤口流淌

泪的生活

一棵掩面的小草

因为清醒

痛苦也就多了十倍

两首诗互为因果，是写照个人命运，是抒怀草样人生，也是展示面对世界的心态。

但是，傅天虹的诗如果仅止于此，为我们提供的意蕴语言空间就不免狭小了些。所幸的是，他还从心头"抽出""一束长长的丝"，挂在天边成为七彩的"虹"。这让我俯瞰大地的同时，也要仰望天空。生活开始不单调，变得诗意起来。但愿，我与傅天虹的感觉相同。

六　异乡人

"异乡"的印象，来自傅天虹诗歌贯穿始终的批判意识。

在我看来，漂泊与流浪常常只是一种感觉，源于某种被迫的缺少安全感的异乡行走。久而久之，故乡就成为遥远的记忆，渐渐模糊。而越来越清晰的，是我们生活在别处，或者说我们一直走在路上。这样说起来虽然有些矫情，但在傅天虹那里却是坚硬的事实。"文革"中，小木匠傅天虹随师傅走遍云、贵、川、陕、桂等10多个省、区；1983年，大陆青年诗人傅天虹移民香港；1991 年，香港"南来诗人"① 傅天虹客居澳门；2005 年，傅天虹受聘来北师大珠海分校文学院任教至今。简单的履历，我觉得更能体现傅天虹的异乡人身份，以及他诗歌中异乡视角的成因。这一点，绝不是仅仅能用 20 世纪中国内地文学常见的乡野与都市的对立来说明的。我们能想象得到，一个走在路上的异乡诗人，在遭遇了生命的困苦磨难，经历从贫瘠到富有、从单调到繁华的时空变异后，以诗性的敏感心灵，在异乡旁观、捕捉、感受和思索，然后所铸成的诗歌景观是何种面貌。所以，我毫不惊讶傅天虹诗歌里呈现出来的社会学意义上的审视与批判内涵。以《夜香港》为例：

光的神秘

溢出指缝

流动的是各种肤色

入夜

香港的美

全浮在海上

摇红摇绿的摩天大厦

---

① "南来诗人"，是指 1949 年新中国成立后，由中国内地移居香港的诗人。从 20 世纪 50 年代开始直至 20 世纪 80 年代末，形成香港诗歌界"南来诗人"群体。傅天虹在 1987 年 9 月创办的《当代诗坛》杂志（香港银河出版社出版），现已成为"香港、澳门新诗界最重要、最有水准，也是支撑得较久的诗歌刊物之一"（朱寿桐教授语）。围绕这本杂志，有"《当代诗坛》诗人群"之说，洪子诚、刘登翰的《中国当代新诗史（修订版）》（北京大学出版社，2005 年）有专门介绍。另可见《香港〈当代诗坛〉和她的诗人群》（中国文史出版社，2010 年 12 月）。

是宝石花的

翻版

夜总会是最亮的一把星星

正用全裸的耳朵

在潜猎

鲸的声音

人欲横流

物欲横流

香发流成瀑布

渴望

膨胀

沿曲线上升

夜香港

珠光宝气

连天上斜挂的月

也闪烁

一枚银币的

眼神

调侃讥讽下的纸醉金迷，批判的意味毫不隐晦。类似的《咖啡座》《香港病》《庙街口》《无字碑》《山头》《魔方》《新口岸沉思》《澳门大三巴偶感》等，均属此列。

朱寿桐教授注意到了傅天虹诗歌批判意蕴语言的另一面，是对都市中那些无法把握自己命运的底层民众的同情。朱教授认为，在傅天虹的诗里，妓女（《西洋菜女》）、舞女（《舞女之女》、《交际花》）、算命半仙（《庙街口》）、菲律宾女佣（《菲律宾女佣》）、暴发户（《天火》）、隐士（《隐士》）、夜行人（《夜泊》）、偷渡的女人等，才是清醒地窥视都市秘密的人①。这的确是对傅天虹诗歌的精准读解。

我知道，对于在路上的异乡人来说，这样的批判性抒怀，需要一份切实的人生责任和社会良知。

七　华文所

2006 年 10 月，北师大珠海分校成立了国际华文文学发展研究所。现在，华文所已蜚声海内外，这当然与傅天虹的努力有直接关系。那以后，文学活动家傅天虹与同仁们组织策划了"国际华文诗歌发展研讨会""华文诗歌如何走向世界研讨会""两岸中生代诗学高层论坛暨简政珍作品研讨会""第二届当代诗学论坛暨张默作品研讨会""两岸华文文学研究合作与发展论坛"② 等一系列大型学术活动；又以后，出版家傅天虹与同仁编辑出版了两岸四地"中生代"诗论集及诗歌作品选集、汉语诗歌经典英译等著作 20 余种。以上的简单罗列虽然有点枯燥，但不如此不足以说明多重身份

---

① 见朱寿桐、许燕转《虹，向天空诉说不朽》，《当代诗坛》第 51～52 期，香港银河出版社，2009。

② 北师大珠海分校国际华文文学发展研究所成立于 2006 年 10 月 28 日，张明远教授任所长，傅天虹教授任常务副所长。此后举办的"国际华文诗歌发展研讨会""两岸中生代诗学高层论坛"等系列活动，均由傅天虹发起和主要策划。

的傅天虹在诗人之外，还做了哪些与诗歌有关的事。到此时，傅天虹对诗歌事业的痴迷和全身心投入，除了让我震撼外，没有其他的感受。

仔细想来，傅天虹几乎从未和我谈过他的诗。在我与他的交往里，"华文所"是出现频率最高的语词。

八　教授

认识傅天虹之前，我知道他是诗人，而且是南来的香港诗人。待与他成为同事后，就执弟子礼，这是发自内心的尊重。但那时我并没有当他是学者，虽然他是学院聘的教授。我一向认为，不少事情一进入所谓的学术，就变得莫名的复杂，而复杂会使大家本应简约的生活很疲累很无奈。这样的矛盾心态，让我很多时候对有些学术持怀疑态度。也因此，我对傅天虹教授的学者身份保持着观望和一定程度的警惕。2007年3月，华文所组织"两岸中生代诗学高层论坛"时，我开始对傅教授的学术有了兴趣。20世纪中国诗人的代际如何划分还在其次，我注意的是他与同伴们关于"汉语新诗"[①]的构想。回顾他20年来对"大

---

① 朱寿桐教授在为傅天虹主编的《汉语新诗美学大辞典》（商务印书馆待出）写的"前言"中说："汉语作为一种语言，天然地构成了一个无法用国族分别或政治疏隔加以分割的整体形态，这便是汉语的'言语社团'作为汉语诗歌'共同体'的划分依据。所有用现代汉语写作的诗歌，无论在祖国内地还是在台湾、香港、澳门等其他政治区域，无论是在中国还是在别的国家，所构成的乃是整一的不可分割的'汉语新诗'"。而"傅天虹认同汉语新文学，力倡汉语新诗，并且在汉语新诗的创作本体、学术本体的建构方面做出了切实的努力"。另见朱教授《汉语新诗与汉语新文学的学术辩证》（《当代诗坛》第53～54期，2010年7月）、《汉语新诗主体地位的必然性》（《西南大学学报》（社会科学版）2011年第6期）等论文。

中华新诗"① 的热情和实际努力的成果，我此时真正感受到了教授傅天虹的理论视阈与学术情怀，他不是职称意义上的学者。

又过了两年，随着学者傅天虹教授对我这个后学的督促和提携，我认识了越来越多的专家教授，也开始涉足汉语新诗的学术领域，并认真领会他多篇学术论文②中的涵蕴。"汉语新诗"扩展为"汉语新诗"③并产生越来越大的影响，用朱寿桐教授的话来说，这与学者傅天虹教授的"策应和支持密切相关"。傅天虹因而具有了双重身份：是"汉语新

---

① "大中华新诗"是傅天虹自 20 世纪 80 年代以来一直主张的诗学概念，并以此为理念编选了多种诗歌选本，策划了多种诗歌活动。同时，还致力于理论探讨，编著有《大中华新诗术语汇编》（香港金陵书社出版公司 1991 年初版）、《大中华新诗探索》（香港银河出版社 1994 年初版）等。我认为这个概念体现了"汉语新诗"之前的诗学主张，是"汉语新诗"理念的有力铺垫。

② 如《"汉语新诗"的命名意义与视野重建》，《当代诗坛》第 49～50 期，2008年 5 月；《汉语新诗百年版图上的"中生代"——论"中生代的命名与拓展意义"》，《21 世纪中国现代诗第五届研讨会暨"现代诗创作研究技法"学术研讨会论文集》，2009 年；《对"汉语新诗"概念的几点思考——由两部诗选集谈起》，《暨南学报》（哲学社会科学版）2009 年第 1 期；《犁青诗思的认识价值》，《华文文学》2009 年第 1 期；《另寻天涯：汉语新诗的"漂木"——论洛夫的"天涯"美学》，《海南师范大学学报》（社会科学版）2011 年第 1 期；《"汉语新诗"的自由化和格律化——论屠岸的十四行诗》，《中国诗人》2011年第 2 期；《论"汉语新诗"的理论运行与美学价值》，《福建论坛》（人文社会科学版）2012 年第 7 期等。

③ 由朱寿桐教授主张并倡导。可见其《"汉语新文学"概念建构的理论意义与实践价值》（《学术研究》2009 年第 1 期）、《汉语新文学：作为一种概念的学术优势》（《暨南学报》（哲学社会科学版）2009 年第 1 期）、《汉语新文学：一种文学范围的学术呈现》（《理论学刊》2010 年第 6 期）、《汉语新文学的文化伦理意义》（《文艺争鸣》2011 年第 5 期）、《汉语新文学的世界性意义》（《文艺争鸣》2012 年第 4 期）等论文。另主编有《汉语新文学通史》（上卷、下卷），96 万字，广东人民出版社，2010 年 4 月出版。

文学"的创作者，也是"汉语新文学"的研究者。

于是，我的知识视界里清晰地出现了一种特别的景观：几十年来，傅天虹一直在用他诗人的情感脚迹，描绘着"汉语新诗"的版图。这项卓越而伟大的"工程"，使我由衷地敬佩诗人傅天虹教授。正基于此，让我有了以上对于"异乡诗人"傅天虹的清晰认识。

移民性写作、"故乡经验"与特区文学

——以深圳、珠海文学为例

本文的"移民性写作"意指 20 世纪 80 年代以来，由全国各地来到深圳、珠海特区工作和生活的作家、诗人的写作，也包括打工者的文学写作；"故乡经验"意指这些写作者作为重要的写作资源，融汇在自己创作中的童年记忆、乡土情感、既有的生存观念与伦理原则等等。移民身份的多重文化体验与故乡经验的矛盾交织、互渗融合，使得特区文学在展现茂盛繁荣的生态景观的同时，也具有了多元共生的艺术特质。换言之，与特区本土的文学书写相比，移民性写作拓宽了特区文学的疆域，丰富了特区文学的内涵，提升了特区文学的艺术品质，促成了特区文学的繁盛丰茂，建构起文学特区的形象；而另一方面，移民性写作也存在着源于移民身份和故乡经验的隐忧和不足。

一　移民性写作打造了特区文学

1980 年，深圳、珠海经中央批准成为经济特区。作为中国改革开放的前沿城市，特殊的政策和可预期的发展前景吸引了全国各行各业的大批人才，继而又有数以百万计的打工者进入。其中的文学作者和文学爱好者，开启了移民性写作的序幕。30 多年过去，特区文学尤其是深圳特区的文学创作渐次发展乃至繁荣，成为改革开放以来中国文学版图上不可忽视的重要疆域。

1994 年初，深圳《特区文学》首次提出了"新都市文学"的概念①，旨在倡导对深圳城市生活的文学关注和描写，强调对城市化进程中文化冲突的表现。这个明显带有树立城市文化品牌策略的命名，缘自此前 10 年深圳文学的既有成就。1984 年，打工仔林坚发表短篇《深圳，海边有一个人》，接下来相继有张伟明《下一站》和《我们的 INT》（1990 年）、林坚《别人的城市》（1990 年）、安子《青春驿站——深圳打工妹写真》（1991 年）、周崇贤《打工妹咏叹调》（1991 年）、黄秀萍《绿叶，在风中颤抖》和《这里没有港湾》（1992 年）等，与郭海鸿的诗歌等作品共同奠定了"打工文学"的基础；石涛《午后的等待》（1984 年）、谭甫成《小个子马波利》（1985 年）、刘西鸿《你不可改变我》（1986 年）以及梁大平的小说，在理念和手法上成为中国先锋小说的滥觞；李兰妮《他们要干什么》和《深圳，深圳》（1986 年）、彭名燕《世纪贵族》（1994 年）等，展示的则是"现代都市意识与价值观"的确立。因为已有的文学表现和创作实绩，"新都市文学"的命名与提倡，便有了充足的理据。时至今天，海纳百川、充满活力的特区"新都市文学"已完成了 30 年的积累创造，形成了自身

---

① "新都市文学"概念是《特区文学》在 1994 年第 1 期的卷首语中提出来的，文中对"新都市文学"从思想内涵、写作题材和风格形式等方面做了一些初步的概括。之后在《特区文学》1994 年第 3 期、1995 年第 1 期、1995 年第 2 期、1995 年第 6 期、1996 年第 5 期上，余秋雨、何继青、王世诚、宫瑞华、尹昌龙等人都为之著文讨论。至今，对"新都市文学"的含义等仍有不同意见和看法。

的鲜明特色，成为当下中国文学不可或缺的主要组成部分。借用杨宏海先生的话来说：深圳文学最早呈现了现代化背景下的精神主体；率先培育打工文学创作，为当代文学贡献了新的元素；郁秀等的"青春写作"推动了当代中国青春读物蓬勃兴起，丰富了深圳文学的立体构建；《驶出欲望街》等作品实揭国内 70 后写作、女性写作帷幕，《水乳》等作品拓展了女性写作的空间；深圳庞大的青年作家群和形态多样的文学写作，形成了众语喧哗的文学景观①。这样的表述，在某种层面上概括出了深圳文学的成绩和价值。

毋庸讳言，在市场经济确立和发展的整体时代背景下，作为改革开放的试验场与"一国两制"的临界城市，深圳、珠海特区经历了巨大的历史性变革。这不仅体现为城市建设等物质环境的日新月异，更表现在人们的生活方式、心理结构、价值观念乃至习俗伦理等的悄然变化上。相比于内地城市，这也是"都市"之"新"的基本含义。如果说"新都市文学"试图概括的是深圳文学之所以"新"的总体状态，那么"打工文学""移民文学""青春文学""女性文学"等概念，则在努力寻找深圳作为"新都市"在文学题材和类型上的定位。而若从写作者的文化身份与作品的关系角度来看，在"新都市文学"旗帜下的上述各型创作都蕴涵着以下的共同属性：

第一，写作者大都是特区移民。1979 年 3 月深圳由宝安县改为深圳市时原住人口 30 万，到 2010 年达到户籍人口 246 万、管理人口 1450 万（依据 2010 年人口普查数据），95% 属于外来人。据此，移民作家又

---

① 见杨宏海《改革开放与深圳文学》，中国作家网，2009 年 2 月 7 日，http://www.chinawriter.com.cn/bk/2009 - 02 - 07/34759.html。

有几种情况：一是作家移民，即来深圳之前已有文学写作经历和成就，如彭名燕、邓一光、杨争光、曹征路、相南翔、杨黎光、乔雪竹、莱耳等；二是工作移民，是指大学毕业后为改变生存面貌或受发展前景吸引放弃原来工作职位而移民深圳，并专业或业余从事文学写作的，如李兰妮、石涛、谭甫成、梁大平、丁力、慕容雪村、盛可以、央歌儿、吴君、戴斌、缪永、徐东等；三是打工移民，这一类深圳作家是通过文学写作改变命运的传奇范本，他们的作品在一定程度上丰富了当代中国文学，以王十月、林坚、张伟明、安子、周崇贤、郭建勋等为代表。还有像刘西鸿、巫国明这样的"本土作家"，"本土"亦指广东而非深圳。

第二，写作者都要经受现代城市化过程中逐渐形成的特区生活方式、价值观念等，对于自己精神和心理层面的冲击和挑战。可以说，在特区建设的30年里，"去深圳"不是从北京到上海、从内蒙古到湖南意义上的离乡，而是要去中国改革开放的前沿、去紧邻资本主义发达城市香港、澳门的特区，因而这种"离乡"就充满着梦想与希望，含有改变生活与命运的诸多可能性；不仅是对异地的熟悉和适应，也有参与建设和创造的向往和欲望。由此，移民特区的写作者无论是来自外省内地，还是来自广东本土，不管是来自城市抑或乡村，都要在自我心理意识上接受超前发达的物质生活和开放、多样的特区城市文化的考验与洗礼，从传统到现代地改变自己的生活观念的同时，也改变了自己的文学感受和艺术取向。

以上两种属性也体现在珠海的移民写作者身上。与深圳相比，珠海的城市建设和经济发展相对滞后。在深圳从物质到文化的繁华、前卫、现代的映衬下，特区珠海更像是一座宁静、安详的休闲城市。虽然没有深圳那样大的写作规模和文学影响，占据中国近代史多个"第一"的珠海也依然创造了在文学理念、作品主题、形式风格等方面与深圳一致的特区文学，构成特区"新都市文学"的重要组成部分。杨雪萍的《特区移民故事》（1991年）、王海玲的《热屋顶上的猫》（1996年）与《所有子弹都有归宿》（2003年）、曾维浩的《弑父》（1998年）与《离骚》（2008年）、李逊的《在黑暗中狂奔》（1999年）、李更的《特区女人素描》（2002年）、裴蓓的《南漂》（2008年）与《我们都是天上人》（2008年）、陈继明的《北京和尚》（2011年）与《灰汉》（2012年）、《堕落诗》（2012年）等小说作品，与卢卫平、胡的清、唐不遇、唐晓虹、周野、蔡新华等的诗歌创作，共同展示了珠海文学的不俗实力。综上，我们说是因为"异乡人"的移民性写作，才打造了深圳、珠海特区的文学盛筵，应该是符合实际的论断。

二 移民性写作的基本主题指向

"我离蓝天很远，我离高楼很近；我离星星很远，我离霓虹很近；我离经典很远，我离时尚很近；我离安分很远，我离诱惑很近……这里是天堂，也是地狱；有美丽，也有颓败，我生长在城市里，我必须学会选择。"① 这是当时深圳的高中学生曾佩姗2005年写于《在城市中成长》一文里的困惑和思考。的确，这样的特区城市生活现实，在改革开放的30年里，不仅成长中的青少年要面对，移民写作者尤其要在新旧人生经验的冲突中学会判断和选择。在移民变作特区市民的过程中，

---

① 转引自杨宏海《深圳文学：新都市心灵备忘录》，《文艺报》2005年7月7日，第2版。

表面看是一种简单的户籍身份的变化，实际上是移民写作者精神和心理接纳、融入新的生活方式与价值观念的痛苦过程。这种文化人类学意义上的生存蜕变，除了改变生活和命运的强烈动机与想往之外，还杂糅着追念既往、犹疑徘徊、失望痛恨、希冀选择等多种复杂的生命体验和情感内容，这成为移民写作者的重要写作资源，并或隐或显地呈现于作品中。

1990 年，在引发特区打工者强烈共鸣的小说《别人的城市》中，林坚写了两个打工者的形象：打工妹齐欢和打工仔段志刚。齐欢在许多人不适应的现代都市生活里，能够游刃有余地发挥个人才能，既可取悦他人又会保护自己，最后进入"白领阶层"；段志刚则在事业与爱情上都很失败，因为难以融入特区而不得不回到家乡。然而，经历过特区生活的段志刚，更不能忍受家乡落后封闭的生活，于是只好再一次"逃离"故土，重返特区这座"别人的城市"。有趣的是，王十月在发表于2011 年的中篇《寻根团》里，也写了一个类似的故事：40 岁的王六一从楚州来广东打工整整 20 年，当初因为向往城市而逃离故乡，但进入城市后，却又始终无法适应和认同城市，内心充满不安和焦虑。于是，他想通过回乡"寻根"的方式来找到心理上的安慰，但故乡没有改变的愚昧落后迫使他第二次逃离。

> 现在的他，有了城市的户口，却总觉得，这里不是他的家，故乡那个家也不再是他的家，觉得他是一颗飘荡在城乡之间的离魂，也许，这一生，注定了要这样离散、漂泊。

正如王十月本人所说：

家乡，我已回不去了，那里没有了我的土地和家园。城市，我也未曾真正进入。因此我说，我是一颗飘荡在城乡之间的离魂。我已经无法回到乡村去生活，但无论在哪个城市，都格格不入，没有归宿感①。

20多年过去，城市留不下，故乡又回不去，不能"适应"和"融入"，没有归宿感，却又无法离开城市，唯一的寄托是蕴藏在心灵深处的精神和情感的故乡。可见，底层生存"无根"或"失根"的漂泊，依然是特区文学绕不过去的主题之一。这既是改革开放以来特区打工群体心灵史的形象写照，也是出身底层的移民写作者自我意识的潜在表达。

不仅来自底层的特区打工者在体验"无根"的痛苦和无奈，移民特区的知识分子也常常陷入没有归宿的困惑和焦灼中。20世纪80年代梁大平关于深圳的系列小说里，贯穿始终的人物吴为就是一个知识分子移民，但这个"大路上的理想者"在深圳无法找到所追求的精神与诗意，最终只好选择回乡。随着时间的前行，区别于内地也不同于港澳的特区生活方式和文化精神，对整个中国都产生了巨大影响，移民写作也开始直面高楼、霓虹、时尚及各种物质诱惑，直面新与旧、东方与西方思想文化的交汇与撞击，以既有的生活观念与伦理标准审视和评判特区光怪陆离的生存现实，写作情感趋向于揭露、谴责和批判。从杨雪萍、王海玲到曹征路、南翔等，相当一批特区移民写作者的作品都涉及类似主题。慕容雪村在写于2004年的中篇小说《天堂向左，深圳往右》

---

① 见《王十月：文学应直面时代真实》，《晶报》2011年4月24日，B05版。

里，把深圳描述成一座物质充裕、精神空虚的欲望空壳。深圳是"危险而华美的城市，一只倒覆之碗，一朵毒蛇缠身的花"。广受好评的曹征路的《那儿》《问苍茫》，在冷静的批判现实主义叙事里蕴藏着拷问当下社会暗疾和隐痛的激情。作品的基调虽然是立于底层写作的批判、鞭挞与同情，但关注的范围更广，笔致也更深入。在长篇《问苍茫》中，曹征路写出了一个有别于主流意识形态话语所描述的深圳。其中有令人同情的打工妹，有优雅、温情的私企女老板，有多面性的前国企党委书记，有毫无人格与廉耻的原大学教授，以及政府官员、二奶、投机者等等。作品超越了"底层写作"对苦难、悲情、愤怒、谴责等主题的单纯展示，通过对大学教授赵学尧、前国企书记常来临等各类形象的深层刻画，全方位地表现了在深圳特区发展过程中被遮蔽的一个横截面，既揭示了中国社会艰难转型期所面临的时代之痛，也流露出作者本人表现这段历史时的困顿、迷惘和茫然，因而才会"问苍茫"。

必须承认，表达上述两种主题指向的移民性写作，在特区文学中占有相当的比例和数量，也是最受关注的写作类型。其中的特区形象在一般读者眼里就是灯红酒绿，是纸醉金迷，是尔虞我诈，是金钱万能，是压迫剥削，是跨国资本力量锤击打工者心灵的疼痛……但如果我们翻开特区文学的另一面，就会发现勇于面对现实、把握自我命运并努力实现人生价值的第三类移民性写作。刘西鸿、李兰妮等在特区文学初期的创作，就写出了新移民能够接受现代竞争意识，敢于展示自我价值诉求的精神成长历程。丁力的商界小说系列没有把都市看做罪恶之源，而是表现出对新的现代城市生存价值的认同，为光怪陆离的都市生活注入了理想色彩和人文情怀。以裴蓓的《我们都是天上人》为例：小说的人物主要只有两个——都市和李子蕾。都市（耐人寻味的一个命名）作为曾经成功现已穷困潦倒的"南漂一族",一直活在往昔的辉煌里不能自拔。来新海推销一艘只存在于骗局里的航空母舰,使他成为滑稽感十足的现代版堂·吉诃德,最后也没有醒悟。与好朋友都市、丈夫周京、妹妹心心相比,李子蕾却是一个沉重的形象。小说结尾写离了婚的李子蕾走出都市的病房,在四周刺目的白色里,心里充满了疑惑。"到处都是病人,或许,她病得最重?!"作者在貌似荒诞的叙事中,其实并没有特别否定哪一个人物。在新海这个特区城市里,每一个人都在活着自己,只不过李子蕾是在苦涩中有一份自己的坚守与追求,这或许应该是裴蓓心中真正的作品主角。除此之外,还有郁秀《花季雨季》等一批青春写作文本,以"好孩子"的形象塑造,彰显着特区一代新人乐观健康、创新进取的文化品格。

当然,以大体趋同或相近的主题指向划分移民性写作的类型,只有利于方便认识和理解特区文学的基本样貌,绝不是也不可能是切近本质的文学定位。事实上,远远超出我们既有的农业文化经验之外的特区生活方式与价值观念,已为移民性写作提供了全新的人生视野,也在无形中修正着移民写作的文学姿态。30年过去,特区文化以不可逆转的历史趋势在全方位地影响和改变着古老的华夏民族,其作用似乎并不亚于200多年前的英国工业革命。由于对此接受和认可的程度不同,特区的移民性写作便因而呈现出散在的状态,也即每个移民作家都在寻找和试图建立自己的文学坐标。这既是特区文学生命力蓬勃的表现,也隐含着一些问题与缺憾。

三 移民性写作与"故乡经验"

曾因中篇小说《国家订单》获第五届鲁迅文学奖的"打工作家"王十月,在创作谈里恳切地写道:

乡土似乎在渐行渐远。但这是我的根，乡土已经存在于我的血脉之中。在我的乡村记忆中，乡土是纯美的。也许那时我年纪尚小，看到的都是美好。当我对人生有了一点点洞察力，开始感受到乡土的破碎与在这破碎中坚守的苦难时，我又离开了乡土。……我更愿意写一些在这破碎的乡土中坚守的乡村理想主义者。……他们是中国乡村最后的守望者。我深情地描写他们的精神状态。①

像王十月这样，对故乡保有着一份执著的童年记忆与乡土情感的移民作家，绝非个案。他们是带着"故乡"来到特区的，身体"逃离"了但精神的根还在故乡。在物质生活因移民特区而得到改善或较大改变的同时，"故乡经验"却与特区城市的生存法则难以交融，甚至是格格不入。正如珠海诗人卢卫平所写：

> 秋天了，金黄的谷物
>
> 像一个掌握了真理的思想者
>
> 向大地低下感恩的头颅
>
> 我拿着一把沉默的镰刀走进轰鸣的工地
>
> 这把在老槐树下的磨刀石上
>
> 磨得闪闪发光的镰刀
>
> 这把温暖和照亮故乡漫长冬夜的镰刀
>
> 一到工地就水土不服，就东张西望
>
> 一脸的迷茫，比我还无所适从
>
> 我按传统的姿势弯下腰，以牧羊曲的

---

① 见《人间送小温》，《文学报》2007 年 9 月 6 日，第 3 版。

节奏优美地挥舞镰刀

但镰刀找不到等待它收割的谷物

钢筋水泥之下，是镰刀无比熟悉的土地

从此后只能是咫尺天涯

镰刀在工地上，是一个领不到救济金的

失业者，是工业巨手上的第六个指头

但我不会扔掉它

它在风雨中的斑斑锈迹

是它把一个异乡人的思念写在脸上

是它在时刻提醒我，看见了它

就看见了那片黄土地

——《我拿着一把镰刀走进工地》

"沉默的镰刀"与"轰鸣的工地"无法融合，面对不可改变的城市生存的坚硬现实，作者只能把"黄土地"作为精神的圣地来回望和思念。

在中国现当代文学史上，城乡对立的二元思维模式常常表现为城市肮脏（都市恶）和乡土淳朴（乡村美）。从沈从文想象中的湘西边城到20 世纪末刘亮程的"一个人的村庄"，对城市的抵牾与对抗已成为一条清晰的书写路径，纵贯于 20 世纪的中国文学发展过程中。客观地说，这一类主题指向的文学书写，作为传统农业国家向现代工业社会迈进的形象展示，显现了几代中国人的内心矛盾与精神历程，加之创造性的形式和语言，受到读者的喜欢肯定亦在情理之中。所以，当刘亮程"扛着铁锨进城"时，对"城里人"轻蔑、警惕和对立的"铁锨心态"也表达出众多进城的"乡下人"共同的心理意识。与此相近的是，特区的移民写作者也不能离开故乡孕育和生长出来的精神之根，像胎记一样，故乡经验是他们情感记忆的核心；不同在于，移民性写作已经能够站在移民身份转变和认同的基础上，因生存的距离和反差而冷静、清晰地审视自己的故乡。在回忆和"重访"的视界里，故乡不再是完美无缺，城市和乡村亦不再是水火不容。"逃离"故乡"漂泊"于城市的"异乡人"，开始选择把自己"移栽"于城市。卢卫平曾感慨：

> 对于城市，我是一棵移栽的矮树……树在城市只能站在路边。城里的大路朝向高楼，大路上奔跑的是汽车。这工业的蝗虫已渐渐啃光城里人灵魂原野上最后一株庄禾。我移栽到城里时，根上有一兜故土，让善良质朴的人在钢筋水泥的丛林中一眼就能认出我。……
>
> 但我内心深处的乡村的烙印，并没有因为我有了城市户口而发生改变[①]。

"移栽"树木的根系来自故乡的泥土，要在异域性的城市里成长壮大，就须以顽强的生命力向下深植。这不仅是移栽到城里的树木的生长姿态，也是移民到特区的写作者的姿态。

问题在于，现在的特区移民写作虽然已经逐渐摆脱了早期以传统乡土观念感受和表达特区城市生活的写作状态，但用文字和形象铺筑的精神回乡之路依旧交错纵横，在一定程度上也表明了移民性写作仍然缺少对特区城市生态的认同和融入。究其缘由，一是经济特区作为中国从农

---

① 见《乡下人在城里》，《诗刊》2004年第16期，第31~32页。

业社会向工业社会转型的前沿城市，在"摸着石头过河"的探索发展
过程中，的确出现了如"血汗工厂"等各种各样的社会问题，构成了
乡土伦理视阈下残酷、虚伪、肮脏、堕落、尔虞我诈、见利忘义、金钱
至上、物欲横流等城市病理图像，移民写作者主观上对此采取批判、谴
责、拒斥的情感态度势所当然。正所谓"在城里/耳朵贴近乳房/听到
的是欲望/赤裸地燃烧"，而"在乡下/耳朵贴近乳房/听到的是乳汁/神
秘地流淌"（卢卫平《城乡差别》），这样的反差，足以显出认同和融入
城市本土之难。于是，质地宁静姿态安详的乡土精神，就成为抚慰和栖
息灵魂的最佳港湾；二是城市化作为工业时代的标志性产物，体现着人
类文明进步的必然阶段。在城市化的进程中，城市文化因其独特的性质
和发展形态，对传统乡土的生活方式、交往方式、价值观念等，既非全
部否定也不是整体容纳，而是有所取舍与扬弃。因此在客观上，移民性
写作也存在融入本土之难；三是不同地域文化如地方风俗及方言等的制
约，也使得移民写作者难以融入特区文化，因而成为名副其实的异乡
人。韩少功移民海南后，曾在菜市场用普通话打听各种鱼的名字，卖家
用海南话告诉他是鱼，他追问是什么鱼时，卖家说是海鱼。再追问下
去，卖家不耐烦地说是大鱼①。语言难以互通，风俗不能认同，人便有
了不同的族群。有意味的是，移民写作者虽然没有或没有完全融入本土，
但生活地域的改变与特区生存体验的积累，却为他们提供了新的文化身
份和双重写作视角。因此对于故乡而言，移民作家既为"局内人"也是
"旁观者"，他们关于"故乡经验"的辩证性表达，极大地提升了作品的
思想力度和艺术内涵。但即便这样，浸润于其中的故乡情感，依然为他

---

① 见韩少功《马桥词典·后记》，上海文艺出版社，2003，第 203 页。

们的移民性写作打上了深深的文化烙印。陈继明的《北京和尚》《灰汉》、杨争光的《从两个蛋开始》《驴队来到奉天時》等等，可为例证。

改革开放30多年来，在岭南文化的底色上，深圳、珠海的特区文化已然孕育并正在生长。对此，认真梳理之后，我们当下还不宜断言移民性写作已经在正面肯定的意义上，表现出了特区独特的文化气韵与格调，建构起了特区独有的文学形象。移民写作者们以故乡经验为创作资源、文化支撑和作品特色，虽然户籍身份是特区作家，但如陈继明与宁夏，杨争光与陕西，王十月、卢卫平与湖北，慕容雪村与成都，其中的乡土内涵或隐或显，却都可以真切地感受到。那么，对深圳、珠海的特区文化具有发自内心的认同感、责任感，并进行有效的艺术传达的作家应该是谁呢？2010年8月，珠海出版社四卷本的《珠海经济特区三十年文学作品选》甫一面世，网络上就出现了所谓"珠海文学迷失"的帖子："作为一个作家，落户珠海十几年，甚至二十几年，你为什么写的东西仍是离珠海千里之外呢？你对得起给予你生活的珠海这片土地吗？"① 虽是近乎外行的诘问，但也从一个侧面道出了特区移民性写作的缺憾。

马克思曾盛赞英国现实主义作家狄更斯等人的写作："现代英国的一派出色的小说家，以他们那明白晓畅和令人感动的描写，向世界揭示了政治的和社会的真理，比起政治家、政论家和道德家合起来所作的还多。"② 的确，狄更斯为后代的英国人重塑了伦敦这座城市。其作品与

---

① 见《从〈珠海经济特区30年文学作品选〉透出的珠海文化问题》，http://blog.sina.com.cn/s/blog_4fd1da580100jmm6.html。

② 《马克思恩格斯论艺术》第二卷，人民文学出版社，1960，第402页。

伦敦构成了一种互为索引的关系，读者可以从中感受到政治、经济、法律、宗教、文化等各个层面的立体伦敦及其变迁的历史。借此论及特区文学，如果说之前的移民性写作是与特区一起成长的话，今后就应该用赤诚的写作情怀来把握和体认特区文化，生动地刻录特区城市变迁的肌理，塑造特区发展的全新形象，揭示特区之魂。惟其如此，特区文学才能展现既往，导引现在，昭示未来。这样的期待，就深圳、珠海特区文学目前实有的写作水准看，似乎不算奢求。

主要参考书目

陈继明著《比飞翔更轻》，花山文艺出版社，2000。

陈继明著《寂静与芬芳》，百花文艺出版社，1998。

陈继明著《陈庄的火与土》，陕西师范大学出版社，2000。

陈继明著《一人一个天堂》，花城出版社，2006。

陈继明著《堕落诗》，作家出版社，2012。

傅天虹著《傅天虹诗存》，作家出版社，2008。

胡的清著《有些瞬间令我牛痛》，百花文艺出版社，1995。

胡的清著《与命运拉钩》，珠海出版社，2005。

卢卫平著《向下生长的枝条》，中国文联出版社，2004。

卢卫平著《各就各位》，九州出版社，2009。

李逊著《在黑暗中狂奔》，珠海出版社，2000。

李更著《李更如是说》，珠海出版社，1999。

唐不遇等著《刻在墙上的乌衣巷》，重庆出版社，2005。

唐不遇著《魔鬼的美德》，珠海出版社，2005。

王海玲著《所有子弹都有归宿》，花城出版社，2003。

王海玲著《命运的面孔》，花城出版社，2009。

杨宏海著《打工文学纵横谈》，社会科学文献出版社，2009。

杨宏海著《全球化语境下的当代都市文学》，社会科学文献出版社，2007。

杨宏海著《我与深圳文化：一个人与一座城市的文化史》（上、下），花城出版社，2011。

曾维浩著《弑父》，长春出版社，1998。

曾维浩著《离骚》，江苏人民出版社，2009。

朱寿桐主编《论傅天虹的诗》，作家出版社，2009。

张钧著《小说的立场——新生代作家访谈录》，广西师范大学出版社，2002。

周思明著《全球化视野与新都市语境——深圳文学 30 年论稿》，人民出版社，2010。

张明远、李丛编著《珠海历史名人与香山文化》，珠海出版社，2010。

珠海市人民政府：《珠海市国民经济和社会发展第十二个五年规划纲要》，2011。

珠海市作家协会编《1980－2010 珠海经济特区三十年文学作品选》（四卷本），珠海出版社，2010。

人名索引

其他索引

后　记

　　本书的写作，缘起于珠海社科项目结项论文。2011 年 12 月，本人获批了珠海市的社科规划项目《珠海特区文学创作研究》，按规定到 2012 年 10 月底要交 2 篇结项论文。原来想写 2 篇能发表的论文即可，但在写作过程中，却发现珠海的文学创作水平很高，具有与深圳文学不同的特性。在阅读作品期间，又发觉还没有专门评析珠海文学的著述。于是，就想写一本关于珠海文学创作的专著。

　　为了实现写书的目的，我开始搜集和整理相关资料。没有想到的是，我再一次遇到问题：由于研究珠海作家作品的论文较少，让我在很大程度上只能和自己对话。同时，不少作家的作品因为找不着，因而也就读不到。例如曾维浩发表在《佛山文艺》2006 年 5 月下半月刊的短篇小说《吞咽》，就只见其名难见其文。在 2012 年 7 月网络上的一则新闻里，得知曾维浩写了小说《唐妹妹的子女们》，也只能是知道而已。再如王海玲的中篇小说《描述欧荔》，因为无法看到原文，就只好不在评述之列了。最初我为自己列出了一份要评述的作者名单：小说——陈继明、曾维浩、王海玲、裴蓓、李更、李逊、成平、杨干华、杨雪萍、黄河清，诗歌——卢卫平、胡的清、唐不遇、周野、唐晓虹、罗春柏，散文——林葵花、钟建平，儿童文学——邝金鼻等。但在具体的写作中，感觉不假以时日根本无法完成。所以，我只能先就资料相对较多，因而也有阅读感受的作家作品来动笔了。

2012 年的大半年里，我几乎把所有上班工作以外的时间，都用到了这本书的写作上。期间，一直得到北师大珠海分校文学院院长张明远教授的鼓励和切实支持。珠海分校图书馆的郑勇老师多次帮我查找资料，研究生赵梁丹、朱天琪、宋卓娟、杨燕博 4 位同学也倾力相助，还有同事在工作事务上的担当，以及家人默默的奉献……没有这些，这本《边缘的前卫——珠海特区文学创作散论》就不可能付梓。

特别感谢朱寿桐教授百忙中拨冗作序，这是对我这个后学莫大的鼓励和鞭策。

作为入籍已近 10 年的珠海人，我期望自己能以本书为契机，以后能投入更多的时间与精力，对珠海文学作全面的梳理和描述，写出一本《珠海文学史》来。我愿意从现在开始，为实现这个目标做准备。

郭海军

2013 年 1 月

于北京师范大学珠海分校文学院

图书在版编目（CIP）数据

边缘的前卫：珠海特区文学创作散论／郭海军著．
—北京：社会科学文献出版社，2013.3
ISBN 978 - 7 - 5097 - 4438 - 3

Ⅰ.①边⋯　Ⅱ.①郭⋯　Ⅲ.①中国文学 - 当代文学
- 文学创作研究　Ⅳ.①I206.7

中国版本图书馆 CIP 数据核字（2013）第 056699 号

边缘的前卫
　　——珠海特区文学创作散论

著　　者／郭海军

出　版　人／谢寿光
出　版　者／社会科学文献出版社
地　　　址／北京市西城区北三环中路甲 29 号院 3 号楼华龙大厦
邮政编码／100029

责任部门／东亚编辑室（010）59367004　　责任编辑／王玉敏　董晓舒
电子信箱／bianyibu@ ssap. cn　　　　　　责任校对／白桂祥
项目统筹／王玉敏　　　　　　　　　　　　责任印制／岳　阳
经　　　销／社会科学文献出版社市场营销中心（010）59367081　59367089
读者服务／读者服务中心（010）59367028

印　　装／北京季蜂印刷有限公司
开　　本／787mm×1092mm　1/16　　　　印　张／12.75
版　　次／2013 年 3 月第 1 版　　　　　　字　数／148 千字
印　　次／2013 年 3 月第 1 次印刷
书　　号／ISBN 978 - 7 - 5097 - 4438 - 3
定　　价／39.00 元